你心柔软 却有力量

林清玄／著

长江出版传媒
长江文艺出版社

新出图证（鄂）字 03 号
图书在版编目（CIP）数据

你心柔软，却有力量 / 林清玄著. — 武汉：长江文艺出版社，2015.4（2019.1重印）
ISBN 978-7-5354-7857-3

Ⅰ. ①你… Ⅱ. ①林… Ⅲ. ①散文集-中国-当代 Ⅳ. ①I267

中国版本图书馆 CIP 数据核字（2015）第019967号

著作权合同登记号　图字：17-2014-094
本著作物经厦门墨客知识产权代理有限公司代理，由九歌出版社有限公司授权，在中国大陆出版、发行中文简体字版本。

责任编辑：吴　双　胡　家　　责任校对：胡　家
封面设计：teaya　　责任印制：张　涛

出版：长江出版传媒 | 长江文艺出版社
地址：武汉市雄楚大街 268 号　　邮编：430070
发行：长江文艺出版社
北京时代华语国际传媒股份有限公司　（电话：010-83670231）
http：//www.cjlap.com
印刷：北京市松源印刷有限公司

开本：690毫米 ×980 毫米　1/16　　印张：16.5
版次：2015年4月第1版　　2019 年1月第28次印刷
字数：180千字

定价：39.80 元

自序

入梦　入魂　入心

一碗入梦

妻子从网路上买了一箱大闸蟹，送到家里，打开箱子，每一只都是活蹦乱跳的。这令我感到惊奇，从阳澄湖到台北，路途何止千里，运送也需要时间，竟能保持螃蟹的生命，在几年前，是不可想象的。

时代真的不同了，朋友在卖生鱼片，专门进口日本各地的海鲜，以低于零下五十度的温度，从东京运来。朋友自豪地说："保证吃起来和在日本海时，一样鲜美。"

蒸蟹的时候，一边想到时空的变迁，不禁感慨系之。

吃大闸蟹时，小儿子忽然发问："老师说，以前台湾人不吃大闸蟹，这几年开放才开始吃，是真的吗？"

"如果说是阳澄湖或太湖的大闸蟹，以前是吃不到，如果是吃毛蟹，爸爸从小就是吃毛蟹的，大闸蟹就是毛蟹的一种啊。"

我的童年时代，父亲在六龟新威租了一块林地，搭了一间砖房，在森林里开山，我们常陪爸爸到山上住，有时住上整个夏天。

山上食物欠缺，为了补充营养，什么都吃，天上飞的鸟雀、蝗虫、蚂蚱、蝉；地上能跑的竹鸡，老鼠、锦蛇、兔子、穿山甲；河里游的小虾、小鱼、毛蟹、青蛙、河蚌、蛏子……

天空和陆地上的不易捕捉，河溪里的容易捉到，我们做一些简单的陷阱，竹子上绑着小虫，插在田边、河边，第二天就可以篓，里面放一些鱼肉，第二天就可以收成溪鱼和溪虾。

捉毛蟹则是最有趣的，从下游往上游溯溪，沿路扳开石头，缝隙里就躲着毛蟹，运气好的时候，扳开一块石头，就能捉到五六只。

夏秋之交，毛蟹盛产，个头肥大，我们七八个兄弟忙一个下午，就可以捉到整桶的毛蟹，隔两天再去，又是一桶，几乎捕之不绝。

晚上，爸爸把我们捕来的毛蟹、小鱼、小虾清洗过后，烧一鼎猪油，全都丢下去油炸，炸到酥脆，蘸一点胡椒和盐，一道大菜就这样完成了。

当时山上还没有电灯，就着昏黄跳动的油灯，那一大碗的河鲜跳动着颜色的美，金黄的小鱼、淡红的小虾、深红的毛蟹，挑逗着我们的味蕾。

“开动！”

爸爸一下指令，我们就大吃起来，卡卡恰恰，整只整只地吃进肚子里，不知道为什么，我们吃螃蟹和吃鱼虾一样，都是不吐骨头的，不！是不吐壳的。

那是令人吮指回味的终极美味，我离开山林之后，就没有再吃过了。

就好像爸爸亲手采的草耳（雷公菜）、鸡肉丝菇，还有他亲手用西瓜做的凉菜，都再也吃不到了。

“这就是我们以前吃毛蟹的方式，和吃大闸蟹是很不同的。”我对孩子说。

孩子睡了，我坐在书房，仔细地怀想父亲在开山时的样子，想到我十四岁就离开家乡，当时忙于追寻、很少思念父母。

过了六十，时不时就会想起爸爸、妈妈，爸妈常入我梦来，不知道这是不是老的徵象?

想起那一大碗毛蟹，如真似梦，依稀在眼前，那美丽的颜色，一层一层晕染了我的少年时光，在贫穷里也有华丽的光。

一碗入魂

内湖的西湖市场很国际化。有一家法国甜品店，来自巴黎的先生爱上了台北小姐，就在市场楼上经营一家小店，小店只有一张木桌，可以坐下来喝一杯法式拿铁，吃一杯奶酪，手工现作，堪称极品。

更极品的是法式甜点，有蘑菇派，鸡肉派，核桃派，还有起司派。当然少不了可丽露和马卡龙。

这几年，台北的可丽露和马卡龙都很流行，但是总觉得哪里不对劲，原来，台北的甜点铺子总把可丽露做得太大颗，马卡龙却太鲜艳，像是滴满了色素的调色盘。

法国厨师含蓄一些，传统一些，可丽露极小，仅供一口，外酥里嫩，焦糖奶香，层次十分丰富，马卡龙只有天然的颜色，不舍得一口吃下，一小口一小口地品尝，才能领略为什么铜板大的马卡龙才能征服世界了。

铜板大的马卡龙也是铜板价，一粒五十元，有一次我吃了一粒马卡龙，喝了一杯咖啡，走下楼梯，正遇到高丽菜大拍卖。

“一颗三十元，两颗五十元。”小贩卖力地叫着。

那脸盘大的高丽菜，两颗的卖价仅能换一粒马卡龙，顿时使我百感交集。我想到今年春天，在大阪吃最高级的大阪板烧，以墨鱼和高丽菜烧制，一钵也仅要千元日币，再怎么样，也无法与马卡龙相比呀！

从前，家里也种高丽菜，每到盛产价廉，妈妈会先以薄盐腌过，再晒成干，这样就能储存过冬。用来炖猪蹄髈，焓肉滋味特别香醇，煮汤的时候，抓一把菜干进去，犹如天降甘霖，晒过高丽菜的阳光立刻复活，热热的，香香的，掠过我们的全身。

可惜的是，晒高丽菜干的手艺已失传，只留在南部少数的客家村。

有一天我路过美浓，看到饭店招牌有“高丽菜封肉”，点来一尝，大失所望，因为他用的是新鲜的高丽菜，不是菜干。

如果能够恢复高丽菜干的传统，菜贩或许就不必在市场淌血拍卖高丽菜了。

这个世界很多事物差之毫厘，失之千里，就以马卡龙来说，几乎每家店都卖马卡龙，价钱都很昂贵，但一百家店里，吃不到一粒真正的马卡龙。三十多年前，那种艳遇，与五十多年前，吃母亲煮的“高丽菜干封肉”，味蕾已经无处寻觅了。说到西湖市场的国际化，有一家日本人开的博多拉面。

三个日本人都穿黑色T恤，衣服上印着的大字“一碗入魂”。吃了一碗，就要入你的魂魄，那是怎样的拉面呢?

想要“一碗入魂并不简单”，因为每天只卖一锅汤，汤卖完，面也卖完了。晚上六点开卖，十一点领号码牌。领号码牌就要排队，不管早去晚上排一小时是正常的。

领到号码牌后等待叫号，叫到号码才点餐，只有一种味，博多豚骨拉面，加温泉蛋一百三，再加脊骨油一百七。

点完餐，再安静地等待叫号，整个过程仿佛是一种仪式，当确定了今天可以吃到那碗面，如同魂魄已经张开，等待灌顶加持。

等到端着久违的一碗面，再也没有其他意念。

第一口就入魂了。

吃那碗拉面的过程，会让人忘记是在一个人声鼎沸，混杂忙乱的市场，一口接着一口，当最后一口汤喝完，才如梦初醒。

从此入魂了，不管在何时何地吃豚骨拉面，都会不自觉地想念这一碗，并且用它来做为品评别家拉面的标准。

时不时，我会被记忆拉着，坐上捷运到西湖市场站，去领号码牌。

然后坐着，安静地等待。等待的时刻，魂魄飞远，虽然吃一碗拉面如此费时费事，但心境平宁，因为知道人生有许多事是值得等待的。

有时是一首歌，有时候是一场电影。有时是一树的樱花，有时是一段旅程。有时是用一生等待一个人。

等待我们的，有时是刻骨铭心的相逢，有时是心花碎裂的别离。

“八十八号！”

日本小姐叫唤你手中的号码。

你的魂魄苏醒，你幸福地笑了。

这个世界，不只一碗可以入魂。

即使是窗前飞过的小蝴蝶，也能牵引我的心，匆匆然入魂了。

一碗入心

每年的冬至到了，都使我怅然若失。因为总会想到妈妈的汤圆，那特别的滋味是满街的汤圆无法取代的。妈妈还在的时候，以厨艺闻名于乡里，特别是手作的应节食品，端午的粽子，中秋的月饼，寒食的肉饼，过年的香肠腊肉，还有冬至的鲜肉汤圆。

妈妈不在了，每到佳节，我就会想念妈妈的味道，幸而，粽子、月饼、油饼、香肠、腊肉所在多有，好吃的也很多，只有鲜肉汤圆独出一味，很难找到了。

冬至才令我伤感。

妈妈做的鲜肉汤圆，是自己磨的糯米皮，包着手工剁碎的后腿肉丁，和进一些葱花和蒜花，包得像狮子头大小，形状像椭圆形的橄榄。

煮的时候，先以葱头爆香，炒香菇肉丝，加水煮开。然后浮汤圆，快起锅的时刻加一把大茴香，接着茼蒿，最后是一把香菜。

妈妈的汤圆，个头特大，吃三颗也就饱了。由于吃茴香和茼蒿，汤头特别香，晚上吃一碗，可以香到第二天早晨。

我很爱吃妈妈的汤圆，旧时的灶间，饭桌就在土灶旁边，我总会在灶旁与妈妈话家常，一边看妈妈包汤圆，煮汤圆，在没有抽油烟机的年代，灶间烟雾蒸腾，充满了香气。看着妈妈忙碌的我，感到非常幸福。

妈妈和我是情深缘浅，一出生的时候，就注定要半辈子分离。

从前的人有排命盘的习惯，我一落地，爸爸就拿命盘给人排八字，算出我使妈妈的健康招克。为了安全起见，每年寒暑假，爸爸总把我送到外婆家或姑妈家。

不到十五岁，我离家到台南读书，之后到台北，之后到世界各地浪游，一直到妈妈过世，我离家整整三十年。

三十年间，我回乡的日子屈指可数，每年少则一两次，多的时候三四次，时间一年比一年稀微。

我每天打电话给妈妈，每次至少讲半个小时，才能稍解我思念妈妈的心情。时间的陷阱常使人远离，话筒中的妈妈青春如昔，每次回家，眼见的妈妈却是黑发飞雪，一次比一次苍老，这使我感到心伤不已。

妈妈是不服老的，每次我回乡，她都会一大早去市场备料，一定会做我爱吃的鲜肉汤圆，把她蓄积了很久很久的爱，很用力很用力地包进去，让我的眼泪在吃汤圆的时候，随着愧疚的心，一滴一滴地落下来。

我很后悔，在妈妈的晚年，我只带她到台北家里住过一次，而我答应，一定会带她去日本旅行，也永远无法实现了。

妈妈的手作汤圆，也成为我生命中的绝响了！

有一年冬至，我和妻子儿女到处寻找鲜肉汤圆，听朋友说，天母士东市场有一家三客家汤圆，味美价廉。

吃到那汤圆的时候，我大吃一惊，除了个头没那么大，鲜肉没那么饱满，缺了一味大茴香，味道就像我妈妈煮的一样。我对孩子说："就好像阿嬷的味道呀！"

没见过阿嬷的孩子，很难想象阿嬷的样子，但是也体会得到爸爸的欢喜和伤感。

幸好客家汤圆整年都开着，想念妈妈是没有季节的，只要思念妈妈，我就会去吃一碗汤圆。

岁月仿佛变得稀薄了，灶间的雾气已成梦幻泡影，多么希望把生命的影像定格在妈妈下汤圆的那一刻。

入梦，入魂，入心

由于我的许多文章，被选入小学、中学、大学的语文课本，常常有人请我写出一个范本，让孩子参考。

这使我为难，因为文章，来如春梦不多时，去似朝云无觅处，并非固定的模式，也没有固定的来源。但是，文章也不是难以捉摸的，作家的生活也与一般人无异，只是感受更灵敏一些，感情更细腻一些，感觉更柔软一些，感动更深刻一些……

作家的生活有更多的悬念、玄想、残心，存在不同的宝盒，等待因缘具足的时刻打开宝盒与生命连结，文章就完成了。

文学创作与世俗生活又不同，它自成一个价值体系，它提炼观点，触动心灵，连结想象、发展思维。

我的创作又与一般作家不同，有时来自梦想的追寻，有时来自灵感的触动，有时来自心性的赋格，我渴望能写出“入梦、入魂、入心”的作品，并以这些作品和有缘人分享。长江文艺最近编了新的选集，我把“入梦、入魂、入心”放在书前，作为自序，也权且当成范本，愿大家读了喜欢。

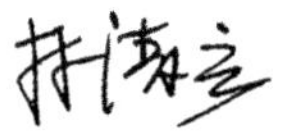

2014 年冬日

外双溪清淳斋

目 录

第一辑

修得一颗柔软心

第二辑

白雪少年

第三辑

温一壶月光下酒

第四辑

心美，一切皆美

第五辑

人间有味是清欢

第六辑

从容彼岸是生活

第一辑

修得一颗柔软心

唯其柔软，我们才能敏感；
唯其柔软，我们才能包容；
唯其柔软，我们才能精致；
也唯其柔软，我们才能超拔自我，
在受伤的时候甚至能包容我们的伤口。

柔软心

1

我多么希望，我写的每一个字、每一篇文章都洋溢着柔软心的香味；我的每一个行为都有如莲花的花瓣，温柔而伸展。因为我深信，一个作家在写字时，他画下的每一道线都有他人格的介入。

2

日本曹洞宗的开宗祖师道元禅师，传说他航海到中国来求禅，空手而来，空手而去，只得到一颗柔软心。

这是令人动容的故事，许多人认为道元禅师到中国求柔软心，并把柔软心带回日本。其实不然，柔软心是道元禅师本具的，甚至是人人本具的，只是，道元若不经过万里波涛，不到中国求禅，他本具的柔软心就得不到开发。

柔软心不从外得，但有时由外在得到启发。

3

学禅的人若无柔软心，禅就只是一种哲学，与存在主义无异。

柔软心并不是和稀泥一样的泥巴，柔软心是有着包容的见地，它超越一切、包容一切。柔软心是莲花，因慈悲为水，智慧做泥而开放。

4

有人问我："为什么草木无心，也能自然生长、开花、结果，有心的人反而不能那么无忧地过日子？"

我反问道："你非草木，怎么知道草木是无心的呢？你说人有心，人的心又在那里呢？假若草木真是无心，人如果达到无心的境界，当然可以无忧地过日子。"

"凡夫"的"凡"字就是中间多了一颗心，刚强难化的心与柔软温和的心并无别异。具有柔软心的人，即使面对的是草木，也能将心比心，也能与草木至诚相见。

5

追鹿的猎师是看不见山的，捕鱼的渔夫是看不见海的。眼中只有鹿和鱼的人，不能见到真实的山水，有如眼中只有名利权位的人，永远见不到自我真实的性灵。

要见山，柔软心要伟岸如山；要看海，柔软心要广大若海。

因为柔软，所以能够包容一切、含摄一切。

6

人在遇到人生的大疑、大乱、大苦、大难时，若未被击倒，自然会在其中超越而得到“定”，因定而得清明，由清明而能柔软。

在柔软中，人可以和谐、单纯，进而达致意识的统一。

野狐禅、口头禅，最缺乏的就是柔软心，有柔软心的禅者不会起差别，不会贬抑净土，或密宗，或一切宗派，乃至一切众生。

7

有欲念，就有火气；有火气，就有烦恼。

柔软心使欲念的火气温和，甚至消散，当欲念之火消散了，就是菩提。

从烦恼到菩提的开关，就是柔软心。

8

佛陀教我们度化众生，并没有教我们苛求众生。我们要度化众生应在心中对众生没有一丝丝苛求，只有随顺。众生若可以被苛求，就不会沦为众生了。

随顺，就是处在充满仇恨的人当中，也不怀丝毫恨意。

随顺，就是随着充满黑暗的世界转动，自己还是一盏灯。

随顺，就是看任何一个众生受苦，就有如自己受苦一般。

随顺，是柔软心的实践，也是柔软心点燃的香。

这个世界一切的表相都不是独立自存的，一定有它深刻的内在意义。

生命的化妆

我认识一位化妆师，她是真正懂得化妆，而又以化妆闻名的。

对于这生活在与我完全不同领域的人，使我增添了几分好奇，因为在我的印象里，化妆再有学问，也只是在皮相上用功，实在不是有智慧的人所应追求的。

因此，我忍不住问她："你研究化妆这么多年，到底什么样的人才算会化妆？化妆的最高境界到底是什么？"

对于这样的问题，这位年华已逐渐老去的化妆师露出一个深深的微笑，她说："化妆的最高境界可以用两个字形容，就是'自然'，最高明的化妆术，是经过非常考究的化妆，让人家看起来好像没有化过妆一样，并且这化出来的妆与主人的身份匹配，能自然表现那个人的个性与气质。次级的化妆是把人凸显出来，让她醒目，引起众人的注意。拙劣的化妆是一站出来别人就发现她化了很浓的妆，而这层妆是为了掩盖自己的缺点或年龄的。最坏的一种化妆，是化过妆以后扭曲了自己的个性，又失去了五官的协调，例如小眼睛的人竟化了浓眉，大脸蛋的人竟化了白脸，阔嘴的人竟化了红唇……"

没想到，化妆的最高境界竟是无妆，竟是自然，这可使我刮目相看了。

化妆师看我听得出神，继续说："这不就像你们写文章一样？拙劣的文章常常是词句的堆砌，扭曲了作者的个性。好一点的文章是光芒四射，吸引了人的视线，但别人知道你是在写文章。最好的文章，是作家自然的流露，他不堆砌，读的时候不觉得是在读文章，而是在读一个生命。”

“多么有智慧的人呀！可是，到底做化妆的人只是在表皮上做功夫呀！”我感叹地说。

“不对的，”化妆师说。

“化妆只是最末的一个枝节，它能改变的事实很少。深一层的化妆是改变体质，让一个人改变生活方式、睡眠充足、注意运动与营养，这样她的皮肤改善、精神充足，比化妆有效得多。再深一层的化妆是改变气质，多读书、多欣赏艺术、多思考、对生活乐观、对生命有信心、心地善良、关怀别人、自爱而有尊严，这样的人就是不化妆也丑不到那里去，脸上的化妆只是化妆最后的一件小事。我用三句简单的话来说明，三流的化妆是脸上的化妆，二流的化妆是精神的化妆，一流的化妆是生命的化妆。”

化妆师接着做了这样的结论：“你们写文章的人不也是化妆师吗？三流的文章是文字的化妆，二流的文章是精神的化妆，一流的文章是生命的化妆。这样，你懂化妆了吗？”

我为了这位女性化妆师的智慧而起立向她致敬，深为我最初对化妆师的观点感到惭愧。

告别了化妆师，回家的路上我走在夜黑的地表，有了这样深刻的体悟：这个世界一切的表相都不是独立自存的，一定有它深刻的内在意义，那么，改变表相最好的方法，不是在表相下功夫，一定要从内在里改革。

可惜，在表相上用功的人往往不明白这个道理。

以一种平坦的怀抱来生活，来观照。

莲花汤匙

洗茶碟的时候，不小心打破了一根清朝的古董汤匙，心疼了好一阵子，仿佛是心里某一个角落跌碎一般。

那根汤匙是有一次在金门一家古董店找到的。那一次我们在山外的招待所，与招待我们的军官聊到古董，他说在金城有一家特别大的古董店，是由一位小学校长经营的，一定可以找到我想要的东西。

夜里九点多，我们坐军官的吉普车到金城去。金门到了晚上全面宵禁，整座城完全漆黑了，商店与民家偶尔有一盏烛光的电灯。由于地上的沉默与黑暗，更感觉到天上的明星与夜色有着晶莹的光明，天空是很美很美的灰蓝色。

到古董店时，“校长”正与几位朋友喝茶。院子里堆放着石磨、石槽、秤锤。房子里十分明亮，与外边的漆黑有着强烈的对比。

就像一般的古董店一样，名贵的古董都被收在玻璃柜子里，每日整理、擦拭。第二级的古董则在柜子上排成一排一排。我在那些摆着的名贵陶瓷、银器、铜器前绕了一圈，没见到我要的东西。后来校长带我到西厢去看，那些不是古董而是民间艺术品，因为没有整理，显得十分凌乱。

最后，我们到东厢去，校长说：“这一间是还没有整理的东西，你慢慢看。”

他大概已经嗅出我是不会买名贵古董的人，不再为我解说，到大厅里继续和朋友喝茶了。

这样，正合了我的意思，我便慢慢地在昏黄的灯光下寻索检视那些灰尘满布的老东西。我找到两个开着粉红色菊花的明式瓷碗，两个民初的粗陶大碗，一长串从前的渔民用来捕鱼的鱼网陶坠。蹲得脚酸，正准备离去时，看到地上的角落开着一朵粉红色的莲花。

拾起莲花，原来是一根汤匙，茎叶从匙把伸出去，在匙心开了一朵粉红色的莲花。卖古董的人说："是从前富贵人家喝莲子汤用的。"

买古董时有一个方法，就是挑到最喜欢的东西要不动声色、毫不在乎。结果，汤匙以五十元就买到了。

我非常喜欢那根莲花汤匙，在黑夜里赶车回山外的路上，感觉到金门的晚上真美，就好像一朵粉红色的莲花开在汤匙上。

回来，舍不得把汤匙收起来，经常拿出来用。每次用的时候就会想起，一百多年前或者曾有穿绣花鞋、戴簪珠花的少女在夏日的窗前迎风喝冰镇莲子汤，不禁感到时空的茫然。小小如一根汤匙，可能就流转过百年的时间，走过千百里空间，被许多不同的人使用，这算不算是一种轮回呢？如果依情缘来说，说不定在某一个前世我就用过这根汤匙，否则，怎么会千里迢迢跑到金门，而在最偏僻的角落与它相会呢？这样一想，使我怅然。

现在它竟落地成为七片。我把它们一一拾起，端视着不知道要不要把碎片收藏起来。对于一根汤匙，一旦破了就一点用处也没有了，就好像爱情一样，破碎便难以缝补，但是，曾经宝爱的东西总会有一点不舍的心情。

我想到，在从前的岁月里，不知道打破过多少汤匙，却从来没有一次像这一次，使我为汤匙而叹息。其实，所有的汤匙本来都是一块泥土，在它被匠人烧成的那一天就注定有一天会打破。我的伤感，只不过是它正好在我的手里打破，而它正好画了一朵很美的莲花，正好又是一个古董罢了。

这个世界的一切事物都只不过是偶然。一撮泥土偶然被选取，偶然被烧成，偶然被我得到，偶然地被打破……在偶然之中，我们有时误以为是自己做主，其实是无自性的，在时空中偶然的生灭。

在偶然中，没有破与立的问题。我们总以为立是好的，破是坏的，其实不是这样。以古董为例，如果全世界的古董都不会破，古董终将一文不值；以花为例，如果所有的花都不会凋谢，那么花还会有什么价值呢？如果爱情都能不变，我们将不能珍惜爱情；如果人都不会死，我们必无法体会出生存的意义。然而也不能因为破立无端，就故意求破。大慧宗杲曾说："若要径截理会，需得这一念子嚗地一破，方了得生死，方名悟入。然切不可存心待破。若存心破处，则永劫无有破时。但将妄想颠倒的心、思量分别的心、好生恶死的心、知见解会的心、欣静厌闹的心，一时按下。"

大慧说的是悟道的破，是要人回到主体的直观，在生活里不也是这样吗？一根汤匙，我们明知它会破，却不能存心待破，而是在未破之时真心地珍惜它，在破的时候去看清："呀，原来汤匙是泥土做的。"

这样我们便能知道僧肇所说的："不动真际为诸法立处。非离真而立处，立处即真也。然则道远乎哉？触事而真。圣远乎哉？体之即神。"（一个不动的真实才是诸法站立的地方。不是离开真实另有站立之处，而是每一个站立的地方都是真实的。每接触的事物都有真实，道哪里远呢？每有体验之际就有觉意，圣哪里遥远呀？）

我宝爱于一根汤匙，是由于它是古董，它又画了一朵我最喜欢的莲花，才使我因为心疼而失去真实的观察。如果回到因缘，僧肇也说得很好。他说："物从因缘故不有，缘起故不无，寻理即其然矣。所以然者，夫有若真有，有自常有，岂待缘而后有哉？譬彼真无，无自常无，岂待缘而后无也。若有不自有，待缘而后有者，故知有非真有。有非真有，虽有不可谓之有矣。"

一根莲花汤匙，若从因缘来看，不是真实的有，可是在缘起的那一刻又不是无的。一切有都不是真有，而是等待因缘才有，犹如一撮泥土成为一根汤匙需要许多因缘；一切无也不是真的无，就像一根汤匙破了，我们的记忆中它还是有的。

我们的情感，乃至于生命，也和一根汤匙没有两样，“捏一块泥，塑一个我”，我原是宇宙间的一把客尘，在某一个偶然中，被塑成生命，有知、情、意，看起来是有的、是独立的，但缘起缘灭，终又要散灭于大地。我有时候长夜坐着，看看四周的东西，在我面前的是一张清朝的桌子，我用来泡茶的壶是民初的，每一样都活得比我还久，就连架子上我在海边拾来的石头，是两亿七千万年前就存在于这个世界了。这样想时，就会悚然而惊，思及“世间无常，国土危脆”，感到人的生命是多么薄脆。

在因缘的无常里，在危脆的生命中，最能使我们坦然活着的，就是马祖道一说的“平常心”了。在行住坐卧、应机接物都有平常心地，知道“月影有若干，真月无若干；诸源水有若干，水性无若干；森罗万象有若干，虚空无若干；说道理有若干，无碍慧无若干。”（马祖语）找到真月，知道月的影子再多也是虚幻，看见水性，则一切水源都是源头活水……

三祖僧灿说：“莫逐有缘，勿住空忍。一种平怀，泯然自尽。”这“一种平怀”说得真好。以一种平坦的怀抱来生活，来观照，那生命的一切烦恼与忧伤自然就灭去了。

我把莲花汤匙的破片丢入垃圾桶，让它回到它来的地方。这时，我闻到了院子里的含笑花很香很香，一阵一阵，四散飞扬。

屋里的小灯虽然熄灭了，但我不畏惧黑暗，因为，总有群星在天上。

总有群星在天上

我沿着开满绿茵的小路散步，背后忽然有人说：“你还认识我吗？”

我转身凝视她半天，老实地说：“我记不得你的名字了。”

她说：“我是你年轻时第一次最大的烦恼。”她的眼睛极美，仿佛是大气中饱孕露珠的清晨，试图唤醒我的回忆。

我默默地站了一会儿，感到自己就是那清晨，我说：“你已卸下了你泪珠中的一切负担了吗？”

她微笑不语，我感觉到她的笑语就是从前眼泪所化成的。

“你曾说，”看到我有如湖水般清澈平静，她忍不住低声地说：“你曾说，你会把悲痛永远刻在心版。”

我脸红了，说：“是的，但岁月流转，我已忘记悲痛。”

然后，我握着她的手说：“你也变了。”

“曾经是烦恼的，如今已变成平静了。”她说。

最后，我们牵着手在开满绿茵的小路散步，两个人都像清晨大气中饱含的露珠，清澈、平静、饱满。

昨天悲痛的露珠早已消散，今晨的露珠也在微笑中，逐渐消散了。

这是泰戈尔《即兴诗集》里的一段，我改写了一点点，使它具有一些“林清玄风格”，寄给你。我觉得这一段话很能为我们情爱的过往写下注脚。我偶尔也会遇见年轻时给我悲痛与烦恼的人,就感觉自己很能接近这首叙事诗的心情了。

我很能体会你此时的心情，因为不想伤害别人，以致迟迟不能做出分手的决定。你是那样的善良与纯真（就像我的少年时代），可是，往往因为我们不忍别人受伤，到最后，自己却受了最大的伤害，那就像把一枝蜡烛围起来烧一样（因为我们怕烧到别人），自己承受了浓烟和窒息。其实，只要我们把蜡烛拿到桌面上，黑暗的房子看得更清楚，自己和别人说不定因此有一些光明与温暖的体会。

这些年来，我日益觉得智慧的重要。什么是“智慧”呢？智是观察和思考的能力，慧是抉择与判断的能力。你的情形是很容易做观察和抉择的。爱上你的人是你不该爱的人，而选择分手可以使你卸下负担得到自由，为什么不选择及早的分手呢？你不忍对方受伤害，但是，爱必然会带着伤害，特别是不正常不平衡的爱，伤害是必然的，我们要学习受伤，别人也要学习受伤呀！

我再写一首泰戈尔的短诗给你：

烟对天空、灰对大地自夸：
“火是我们的兄弟。”
悲伤对心、烦恼对生命自矜：
“爱是我们的姊妹。”
问了火和爱，他们都说：
“我们怎么会有那样的兄弟姊妹？”
“我的兄弟是温暖和光明。”火说。
“我的姊妹是温柔与和平。”爱说。

在我们生命的岁月里，火和爱或许是必要的，但不必要弄得自己烟尘滚滚、灰头土脸，也不必一定要悲伤和烦恼，那就像每天有黎明与日落一般，大地是坦然地承受罢了。不正常与不平衡的爱是人生最好的启蒙，就如同乌云与暴风雨是天空最好的启示一般。

关于心、关于生命，没有什么是真正的伤害，也没有什么是真正的好。雨在下的时候可能觉得自己对茉莉花是有好处的，但盛开的茉莉花可能因为一场微雨凋落了；曝晒的阳光可能觉得自己会伤害秋日的土地，但土地中的种子却因为阳光能青翠地发芽了。爱情的成熟与圆满正是如此，只要不失真心，没有什么可以伤害我们真实的生命。

在写信给你的时候，我的思想像一只天鹅飞翔，忆起自己在笔记上写过的一些东西：

箭在弓上时，箭听见弓的低语：
“你的自由是我给予的。”
箭射出时，回头对弓大声说：
“我的自由是我自己的。”
——没有飞翔，就没有自由。
——没有放下，就没有自由。
——没有自由，弓与箭都失去意义。

这些都是游戏的笔墨，我们千万别忘了弓箭之后有拉弓的力，力之后还有人，人还要站在一个广大的空间上。

人人都渴望爱情，即使我们正处在其中的爱情不是最好的，却因为渴求而盲目了，这一点连天神也不例外。希腊神话里太阳神阿波罗在追求猎户少女多妮时，因为追不到，使她被父亲化成一棵月桂树，然后感叹地说：“你虽不爱我，但最低限度你必须成为我的树。”从此，阿波罗的头上总是戴着月桂冠，纪念他对多妮的爱。牧神潘恩则把女神灵化成一簇芦苇，并把她化成一枝芦笛随身携带。世上最美的少年勒施萨斯无法全心的爱别人（因为他太爱自己了），最后他化为池中的一朵水仙花。另一位美少年海亚仙英斯则因为阿波罗的嫉妒而变成一枝随风飘泊的风信子……

神话是一个象征，象征人要从情爱中得到自由自在、无碍解脱是多么艰难呀！但是学习是人间的功课，到现在我还在学习，只是我每看到人在情爱中挣扎都是感同身受，希望别人早日得到超越，那是因为我们的学习不一定要自己深陷泥沼才会体验到，有观照之智、抉择的慧，也知道那泥沼的所在和深浅，绕道而行或跨步而过。

希望下次收到你的信，就听见你的好消息。我们不必编月桂冠戴在头上，不必随身携带芦笛，人生有许多花朵等我们去采。如果只想采断崖绝壁那一朵绝美的百合，很可能百合没有采到，清晨已经消逝了。

青春的珍惜是最重要的。在不正常不平衡的爱里浪掷青春，将会使人生的黄金岁月过得茫然而痛苦。青春像鸟，应该努力往远处飞翔。爱情纵使贵如黄金，在鸟的翅膀绑着黄金，也会使最善飞翔的鸟为之坠落！

屋里的小灯虽然熄灭了，
但我不畏惧黑暗，
因为，总有群星在天上。
爱情虽然会带来悲伤，
一如最美的玫瑰有刺，
但我不畏惧玫瑰，
因为，我有玫瑰园，
我只欣赏，而不采摘。

但愿这封信能抚慰你挣扎的心，并带来一些启示。

清净之莲

偶尔在人行道上散步，忽然看到从街道延伸出去，在极远极远的地方，一轮夕阳正挂街的尽头，这时我会想：如此美丽的夕阳，实在是预示了一天即将落幕。

偶尔在某一条路上，见到木棉花叶落尽的枯枝，深褐色的孤独地站在街边，有一种萧索的姿势，这时我会想：木棉又落了，人生看美丽木棉花的开放能有几回呢？

偶尔在路旁的咖啡座，看绿灯亮起，一位衣着素朴的老妇，牵着衣饰绚如春花的小孙女，匆匆地横过马路，这时我会想：那年老的老妇曾经是花一般美丽的少女，而那少女则有一天会成为牵着孙女的老妇。

偶尔在路上的行人在陆桥站住，俯视着在陆桥下川流不息，往四面八方奔窜的车流，却感觉那样的奔驰仿佛是一个静止的画面，这时我会想：到底那里是起点？而何处才是终站呢？

偶尔回到家里，打开水龙头要洗手，看到喷涌而出的清水，急促地流淌，突然使我站在那里，有了深深的颤动，这时我想着：水龙头流出来的好像不是水，而是时间、心情，或者是一种思绪。

偶尔在乡间小道上，发现了一株被人遗忘的蝴蝶花，形状像极了凤凰花，却比凤凰花更典雅，我倾身闻着花香的时候，一朵蝴蝶花突然飘落下来，让我大吃一惊，这时我会想：这花是蝴蝶的幻影，或者蝴蝶是花的前身呢？

偶尔在静寂的夜里，听到邻人饲养的猫在屋顶上为情欲追逐，互相惨烈的嘶叫，让人的寒毛全部为之竖立，这时我会想：动物的情欲是如此的粗糙，但如果我们站在比较细腻的高点来回观人类，人不也是那样粗糙的动物吗？

偶尔在山中的小池塘里，见到一朵红色的睡莲，从泥沼的浅地中昂然抽出，开出了一句美丽的音符，仿佛无视于外围的染着，这时我会想：呀！呀！究竟要怎么样的历练，我们才能像这一朵清净之莲呢？

偶尔我们也是和别人相同地生活着，可是我们让自己的心平静如无波之湖，我们就能以明朗清澈的心情来照见这个无边的复杂的世界，在一切的优美、败坏、清明、污浊之中都找到智慧。我们如果是有智慧的人，一切烦恼都会带来觉悟，而一切小事都能使我们感知它的意义与价值。

在人间寻求智慧也不是那样难的，最要紧的是，使我们自己有柔软的心，柔软到我们看到一朵花中的一片花瓣落下，都使我们动容颤抖，知悉它的意义。

唯其柔软，我们才能敏感；唯其柔软，我们才能包容；唯其柔软，我们才能精致；也唯其柔软，我们才能超拔自我，在受伤的时候甚至能包容我们的伤口。

柔软心是大悲心的芽苗，柔软心也是菩提心的种子，柔软心是我们在俗世中生活，还能时时感知自我清明的源泉。

那最美的花瓣是柔软的，那最绿的草原是柔软的，那最广大的海是柔软的，那无边的天空是柔软的，那在天空自在飞翔的云，最是柔软！

我们心的柔软，可以比花瓣更美，比草原更绿，比海洋更广，比天空更无边，比云还要自在。柔软是最有力量，也是最恒常的。

且让我们在卑湿污泥的人间，开出柔软清净的智慧之莲吧！

以心印心，心心相印，原来在最近最平凡的一切里，就有最深最奇绝的睿智。

黄玫瑰的心

为了这绝望的爱情，我已经过了很长时间沮丧、疲倦，像行尸走肉的日子。

昨夜，从矿坑灾变采访回来，因疼惜生命的脆弱与无助，坐在眠床上不能入睡，清晨，当第一道阳光照入，我决心为那已经奄奄一息的爱情做最后的努力，我想，第一件该做的事是到我常去的花店买一束玫瑰花，要鹅黄色的，因为我的女朋友最喜欢黄色的玫瑰。

剃好胡子，勉强拍拍自己的胸膛说："振作起来！"想起昨天在矿坑灾变后那些沉默哀伤但坚强的面孔，就出门了。

往市场的花店前去，想到在一起五年的女朋友，竟为了一个其貌不扬，既没有情趣又没有才气的人而离开，而我又为这样的女人去买玫瑰花，既心痛、又心碎；生气，又悲哀得想流泪。

到了花店，一桶桶美艳的、生气昂扬的花正迎着朝阳，开放。

找了半天，才找到放黄玫瑰的桶子，只剩下九朵，每一朵都垂头丧气，"真衰！人在倒楣的时候，想买的花都垂头丧气的。"我在心里咒骂。

"老板！"我粗声地问，"还有没有黄玫瑰？"

老先生从屋里走出来，和气地说："没有了，只剩下你看见的那几朵啦。"

“这黄玫瑰每一朵的头都垂下来了，我怎么买？”

“喔，这个容易，你去市场里逛逛，半个小时后回来，我包给你一束新鲜的、有精神的黄玫瑰。”老板陪着笑，很有信心的说。

“好吧！”我心里虽然不信，但想到说不定他要向别的花店去调，也就转进市场去逛了。心情沮丧时看见的市场简直是尸横遍野，那些被分解的动物尸体，使我更深刻的感受到这是一个悲苦的世界，小贩刀俎的声音，使我的心更烦乱。

好不容易在市场里熬了半个小时，再转回花店时，老板已把一束元气淋漓的黄玫瑰用紫色的丝带包好了，放在玻璃柜上。

我不敢相信自己的眼睛，我说：“这就是刚刚那一些黄玫瑰吗？”——它们垂头丧气的样子还映在我的眼前！

“是呀！就是刚刚那些黄玫瑰。”老板还是笑嘻嘻说。

“你是怎么做到的，刚刚明明已经谢了呀！”我听到自己发出惊奇的声音。

花店老板说：“这非常的简单，刚刚这些玫瑰不是凋谢，只是缺水，我把它整株泡在水里，才二十分钟，它们全又挺起胸膛了。”

“缺水？你不是把它插在水桶里吗？怎么可能缺水呢？”

“少年仔，玫瑰花整株都要水呀！泡在水桶是它的根茎，它喝到的水就好像人吃饭一样。但是人不能光吃饭，人要用脑筋、有思想、有智慧，才能活得抬头挺胸。玫瑰花的花朵也需要水，在田野里，它们有雨水露水，但是剪下来就很少人注意了，很少人再给花的头浇水，一旦它的头垂下来，整株泡在水里，很快就恢复精神了。”

我听了非常感动，怔在当场：呀！原来人要活得抬头挺胸，需要更多的智慧，要常把干枯的头脑泡在冷静的智慧之水里。

当我告辞的时候，老板拍拍我的肩膀说：“少年仔！振作咧！”这句话差点使我流泪走回家，原来他早就看清我是一朵即将枯萎的黄玫瑰。

回到家，我放了一缸水，把自己整个人埋在水里，体会着一朵黄玫瑰的心，起来后通身舒泰，决定不把那束玫瑰送给离去的女友。

那一束黄玫瑰每天都会被我整株泡一下水，一星期以后才凋落花瓣，凋谢时是抬头挺胸凋谢的。

这是十几年前，我写在笔记上的一件真实的事，从那一次以后，我就知道了一些买回来的花朵垂头丧气的秘密。最近找到这一段笔记，感触和当时一样深，更确实的体会到，人只要有细腻的心去体会万象万法，到处都有启发的智慧。

一朵花里，就能看到宇宙的庄严，看到美，以及不屈服的意志。

有一位花贩告诉我，几乎是所有的白花都很香，愈是颜色艳丽的花愈是缺乏芬芳，他的结论是："人也是一样，愈朴素单纯的人，愈有内在的芳香。"

有一位花贩告诉我，夜来香其实白天也很香，但是很少人闻得到，他的结论是："因为白天人的心太浮了，闻不到夜来香的香气，如果一个人白天的心也很沉静，就会发现夜来香、桂花、七里香，连酷热的中午也是香的。"

有一位花贩告诉我，清晨买莲花一定要挑那些盛开的，结论是："早上是莲花开放最好的时间，如果一朵莲花早上不开，可能中午和晚上都不会开了。我们看人也是一样，一个人在年轻的时候没有志气，中年或晚年是很难有志气的。"

有一位花贩告诉我，愈是昂贵的花愈容易凋谢，那是为了要向买花的人说明："要珍惜青春呀！因为青春是最名贵的花！"

有一位花贩告诉我……

让我们来体会这有情世界的一切展现吧，当我们有大觉的心，甚至体贴一朵黄玫瑰，以心印心，心心相印，我们就会知道，原来在最近最平凡的一切里，就有最深最奇绝的睿智呀！

掌中宝玉

一位想要学习玉石鉴定的青年，听说在远处有一位年老的玉石家，他就不远千里的去向老师傅学艺。

当他见到老师傅，说明了自己学玉的志向，希望有一天能像老师傅一样成为众人仰佩的专家。老师傅拿一块玉给他，叫他捏紧，然后开始给他上中国历史的课程，从三皇五帝夏商周开始讲，讲了几个小时，却一句也没有提到玉。

第二天他去上课，老师傅仍然交给他一块玉叫他捏紧，又继续讲中国历史，一句也不提玉的事。就这样，光是中国历史就讲了几个星期。接着，他向年轻人讲中国的风土人文、哲学思想，甚至生命情操，除了玉石的知识之外，老师傅几乎什么都讲授了。

而且，每天他都叫那个青年捏紧一块玉听课。

经过几个月以后，青年开始着急了，因为他想学的是玉，没有想到却学了一大堆无用的东西，有一天他终于鼓起勇气，希望向老师表明，请老师开始讲玉的学问。

他走进老师的房间，老师仍照往常一样交给他一块玉，叫他捏紧，正要开始谈天的时候，青年大叫起来："老师，您给我的这一块，不是玉！"老师笑起来说："你现在可以开始学玉了。"

这是一位收藏玉的朋友讲给我听的故事，有非常深刻的启示。

对于学玉的人，要成为玉石专家，不能光是看石头本身，因为玉石与中国文化是不可分的，没有深厚的文化素养，不可能懂玉。所以老师不先教玉，而先做文化通识的教化，其次，进入玉的世界第一步，是分辨是不是玉，这种分辨不只是知识的累积，常常是直觉的反应。

如果我们把这个故事往人生推进，也可以找到许多深思的角度，一是学习任何事物而成为专家都不是容易的事，必须经过很长时期的训练。二是在成为专家之前，需要通识教育，如果做为中国专家，就要先对历史、人文、哲学、思想、性格有基本的识见，否则光是懂一些普通技术有何意义？三是成为专家的第一步，应该有基本的判断，有是非之观、明义利之辨、有善恶之分，就如同掌中的宝玉，凭着直觉就知道为与不为，这才可以说是进入知识分子的第一步了。

这世界上任何有价值的智慧，都不是老师可以一一传授的，完全要依靠自己的体会，老师能教给我们宝玉，能不能分辨宝玉却要靠自己，那是由于宝玉不仅在掌中，也在心中。

每个人的心灵里都有一块宝玉，只是没有被开发，大部分的人不开发自己的宝玉，却羡慕别人手上的玉，就如同一只手隐藏了原有的玉，又伸手向别人要宝物一样，最后就失去了理想的远景和心灵的壮怀了。

所以，每天把自己的玉捏一捏，久而久之，不但能肯定自己的价值，也能发现别人的美质，甚至看见整个世界都有着玉石与琉璃的质感。

第二辑

白雪少年

就像一片白雪，
乍看什么都没有，
可是却有无限的生机在其中蕴藏和萌动，
等待着春天。
这是作为少年，
最珍贵的地方。

兵卒无河

小时候，我家搬住到乡镇角角一条破败的巷子中，那里住满了收入很低的人，他们生存的方式是与命运来赌生活。

巷子里的人都咬紧牙关与生活拼斗着，他们虽然不安命，却像一条汇成的河流，安份地让岁月的苦难洗炼着。因此，最引人注目的是一个妓女户的保镖，大家都有意无意地与他保持距离，大人们眼前不说，背后总是嘀咕着："都中年的人了，还干什么保镖？"小孩见到他则像着瘟，远远地龟缩着。

保镖的名字叫旺火，旺火是巷仔内堕落与丑恶的象征，他像一团火烧得巷中人心惶惶，他干保镖的妓女户与巷子离得不远，所以他每天都要在巷里来回几趟。我搬去的第二天就看清他的脸了，脸上的肌肉七缠八交的突起，半张脸被未刮净的胡渣子盖得青糊糊的，两边下颚骨格外大，好像随时要跃出脸颊外，戳到人身上一般。

在街坊间溜达，我隐约知道旺火。他是年轻时就凭着两膀子力气在妓院中沉沦了，后来娶到妓院中的一个妓女，便带着他那瘦小苍白的女人落厝在我们巷仔中。旺火不干保镖了，便帮人在屠宰场中杀猪，闲暇替左右邻舍干些杂活维生，倒与妻子过了一段平安的日子；连平常严肃的阿喜伯都捻须微笑："真是浪子回头金不换呀！”别人问起他的过去，他只是摇头，抬眼望向远方。

旺火的妻明明瘦得竹枝一样，人们却唤她阿桃，她和旺火倒好似同出一脉，帮人洗衣割稻总是不发一言，她无神的大眼像一对神秘的抽屉把子，有点锈了，但是没有钥匙，打不开来看抽屉中到底有些什么。阿桃即使一言不发地努力工作，流言却不能止，长舌的溪边浣衣的妇人们总传蹭着她十二岁就入了妓院，攒了十几年才还了院里的债，随了旺火。

他们夫妇便那样与世无争地度日，好似腐烂的老树中移枝新插的柳条，虽在风雨中飘摇着，却也鲜新地活了下来。

旺火勤恳的好脾性并没有维持多久，住巷仔的第三年，阿桃在炎热夏日的一次难产中死了，仿如桃花逢夏凋萎，阿桃留下了一个生满了烂疮的儿子。旺火的火性像冬野时躺在烂火的炭忽然遇见干帛，猛烈地焚烧，镇里人只有眼睁睁地看那团火爆烈开来。

旺火将家中能售的器物全部变卖，不能卖的都被他捶成粉碎，然后用一具薄棺就乱葬了他的妻子。

旺火更失神了，他居住的那间小小瓦屋不时传来碰碰撞撞的声音，还有小儿尖厉的长啼，他胡乱地喂养他那克死娘亲的苦命的孩子。他很久没有在镇上露面，人们也只在走过那间屋时张脑探头一番，而后议论纷纷地离开。

有人说：他那屋壁都要被捶穿了。

有人说：他甚至摔着那生养不满一月的儿子。

也有人说：他已经瘦得不成人形了。

但是最惊人的消息是：旺火又回到妓女户去了。

“到底是干不了三天良民哩！”阿喜伯也说。

几个月后，旺火出现了，他仍然一味地沉默不语，人们常常看他低着头匆匆穿过街道，直到夜色深垂才回转家里，像和镇里人没有丝毫关系，他踱着他黑夜的道路，日复一日。

旺火那又摔又打，只喂他子母牌代奶粉的儿子竟奇迹似地像吸取了母亲魂魄般地活存下来，小孩儿长着奇特的八字眉，小小的三角脸，由于他头上长满了棋子般大小的圆状斑疮，人们都叫他“棋子”，日久，竟成了他的名姓。

棋子在那样悲苦的景况下，仍一日一日地长大。

可是棋子是他阿爸旺火的噩梦，由于他的降临，旺火失去了他的妻，乡下人认为这个害死亲娘的孩子一定是个恶孽。我看到棋子时，他身上总是结满了鞭打的痕迹，每次旺火的脾气旺了，便劈头劈脑一阵毒打，棋子则抱头在地上翻滚，以减轻鞭抽的痛楚。

有一回棋子偷了旺火放在陶瓮里的十块钱去买冰，被旺火发现了。

“你这个囝仔，你老母给你害死了，你还不甘心，长得一只蟾蜍样子不学好，你爸今天就把你打死在妈祖庙前。”旺火一路从巷仔咒骂着过去，他左手提着被剥光成赤条条的棋子，右手拿着一把竹扫帚，小鸡一样被倒提着的棋子只是没命的嚎哭，好奇的镇人们跟随他们父子，走到妈祖庙前的榕树下。

旺火发了疯一样，“干你娘，干你娘！”的咒骂着，他从腰间抽出一条绑猪的粗麻绳将棋子捆系在树上，棋子极端苍白的皮肤在榕荫中隐泛着惨郁的绿色，无助地喑哑地哭着。旺火毫不容情地拿起竹扫帚啪哒一声抽在他儿子的身上，细细的血丝便渗漫出来。

“干你娘，不知道做好人。”啪又打下一帚。

竹扫帚没头没脑地抽打得棋子身上全红肿了。

好奇地围观的人群竟是完全噤声，心疼地看着棋子，南台湾八月火辣的骄阳从妈祖庙顶上投射进来，燥烤得人汗水淋漓，人们那样沉默地静立着，眼看旺火要将他儿子打死在榕树上。我躲在人群中，吓得尿水沿着裤管滴淌下来。

霎时间，棋子的皮肤像是春耕时新翻的稻田，已经没有一块完好。

“乓！乒！”

两声巨响。

是双管猎枪向空发射的声音，所有的人都回转身向庙旁望去。

连没命挥着竹扫帚的旺火也怔住，惊惶地回望着。

我看见刚刚从山上打猎回来的爸爸，他穿着短劲的猎装，挟着猎枪冲进场子里来，站在场中的旺火呆了一阵子，然后又回头，无事般地举起他的竹扫帚。

“不许动！你再打一下我就开枪。”爸爸喝着，举枪对着旺火。

旺火不理，正要再打。

“乓！乒！”双管猎枪的两颗子弹正射在旺火的脚下，扬起一阵烟尘。

“你再打一下你儿子，我把你打死在神明面前。”爸爸的声音冷静而坚决。

旺火迟疑了很久，望着静默瞪视他的人群，持着竹扫帚的手微微抖动着，他怨忿地望着，手仍紧紧握着要抽死他儿子的那把竹扫帚。

“你走！你不要的儿子，妈祖要！”旺火铁青着脸，仍然抖着。

“乓！乒！”爸爸又射了一枪，忍不住吼叫起来：“走！”

旺火用力地掷下他的竹扫帚，转身硬梆梆的走了，人群惊魂甫定地让出一条路，让他走出去。

看着事件发生的人群围了过来，帮着爸爸解下了奄奄一息的棋子，许多妇人忍不住泪流满面地嚎哭起来。

爸爸一手抱着棋子，一手牵着我踩踏夕阳走回家，他的虎目也禁不住发红，说：“可怜的孩子。”

棋子在我们家养伤，我们同年，很快的成了要好的朋友，他不敢回家，一提到他父亲就全身打哆嗦。棋子很勤快，在我家烧饭、洗衣、扫地、抹椅，并没有给我们添麻烦，但是我也听过爸妈私下对话，要把棋子送回家去，因为“他总是人家的儿子，我们不能担待他一辈子的”。

棋子也隐约知道这个事实，有一次，竟跪下来求爸爸：

“阿伯，要我做什么都可以，千万别送我回家。”

爸爸抚着他的肩头说：

“憨囝仔，虎毒不食子，只要不犯错，旺火不会对你怎样的。”

该来的终于来了。

初冬的一个夜晚，旺火来了，他新剃着油光的西装头，脸上的青胡渣刮得干干净净，穿着一件雪一样的白衬衫，看起来十分滑稽。他语调低软地求爸爸让他带儿子回去，并且拍着雪白的胸膛说以后再也不打棋子。

棋子畏缩地哭得很伤心，旺火牵着他步出我们的家门时，他一直用哀怨的眼神回望着我们。

天气凉了，一道冷风从门缝中吹袭进来。

爸爸关门牵我返屋时长叹了一口气！

“真是命呀！”

棋子的命并没有因为返家而改变，他暴戾的父亲仍然像火一样猛烈炙烧他的心灵与肉体，棋子更沉默无语了，就像他死去的母亲一样，终日不发一言。

才六岁，旺火便把他带到妓院去扫地抹椅、端脸盆水了。

偷闲的时候，棋子常跑到我家玩，日久我们竟生出兄弟一般的情感。我有许多玩具棋子很喜欢，简直爱不忍释；可是我要送他时，他的脸上又流出恐惧的神色，他说：“我阿爸知道我跑到你家，会活活打死我。”那么一个小小的棋子，却背着生命沉重的包袱，仿佛是一个走过沧桑的大人了。

偶尔棋子也会对我谈起妓院的种种，那些事故对于才六岁的我，恰如是天的远方。那是一个颓落委靡的地方，许多人躲在暗处生活着，又不知道为什么活着。棋子看到那些妓女们会想起他歹命的母亲，因为街坊中一直传言着，棋子的母亲是被他克死的，有一次他竟幽幽地诉说起：“为什么死的是我阿母，不是我？”

当我们一起想起那位苍白瘦小的妇人，常常无言以对，把玩耍的好兴致全部赶走了。

有时候我偷偷背着父母，和棋子到妓院中去，看那些用厚厚脂粉构筑起来的女人，她们排列着坐在竹帘后边，一个个呆滞而面无表情，新来的查某常流露出一种哀伤幽怨的神色。但是一到郎客掀开帘子走进来时，妓女们的脸上即刻像盛开的塑胶花一样笑了起来，那种瞬即变化的表情，令我暗暗惊心。

我印象最深的是，那家妓院的竹帘子上画了两只色彩斑璨的鸳鸯，郎客一进来，那一对鸳鸯支离破碎地荡开，发出西西沙沙的声响，要很久以后它才平静下来，一会儿又被惊飞。我常终日坐在妓院内的小圆椅上看那对分分合合的鸳鸯——也就在那样幼小的年岁里我已惊醒到，妓院的女子也许就像竹帘上荡来荡去，苦命的鸳鸯呀！

七岁的时候，棋子苦苦地哀求旺火让他去上学，连一学期四十元的学费都要挣扎半天才得到。

棋子终于和我一起去上一年级，他早上上学，下午和晚上仍到妓院去帮忙，上学非但没有使他快乐，反而让他堕进生命最苦难的深渊。旺火给他的工作加倍了，一生气，便是祖宗十代的咒骂：

"我干你老母，我们张家祖公仔十八代没有一个读书，你祖公烧好香，今天你读书了，有板了，像一只蟾蜍整日窝蹲着，什么事也不干，吃饭、读书，读我一个烂鸟！"

棋子这时要用一块一块柴火烧妓女户全户的热水，端去让一群人清洗肮脏丑陋的下身，他常弄得满身烟灰，像是刚自地底最深层爬出来的矿工，连妓女们也说，眉头深结的棋子顶像他已亡故的母亲。

也不知道为什么，棋子与我都疯也似地爱上下棋，每当妓女户收工，旺火又正巧出去酗酒的时候，我们便找到较隐蔽的地方偷偷厮杀半天，往往正下到半途，棋子想到旺火便神色恐怖地飞奔回去，留下一盘残局。

我们玩着一种叫做"暗棋"的游戏，就是把棋子全部倒盖，一个个翻印，然后按着翻开的棋子去走，不到全翻开不能知道全盘的结果，任何人都不知道最后的结果。

长大后我才知道，暗棋正像一则命运的隐喻，在起动之初，任谁也料不到真正的结局。

棋子在妓院中工作的事实，乡人也不能谅解，连脾气最好为人素所敬仰的阿喜伯也歪着嘴角："这颗扫把星，克死伊老母，将来恐怕也会和他阿爸一模一样，干那种替查某出气的保镖呢！”人们也习惯了棋子的悲苦，看到被打得满地乱滚的棋子如同看着主人鞭打他的狗一般，不屑瞥看一眼。

学校里的孩子也和大人一样世故，每当大家正玩得高兴，见到棋子便电击一般，戛然而止。棋子也抗拒着他们，如同抗拒某种人生。

一天午后，棋子趁旺火午睡，妓女们休闲时跑来找我，一起到暗巷中摊开纸来下棋。

“我想要逃走。”棋子说。

“逃走？”我有点惊惶。棋子拉开他左手的衣袖，叫我看他伤痕满布的手臂，那只瘦弱的手上交缠着许多青紫色的线条，好像葡萄被吃光后的藤子，那样无助空虚地向外张开脉络，他用右手轻轻掩上衣袖，幽幽地叹口气，说：“为什么他那么恨我？”

正当我们眼睛都有些濡湿的时候。

我看见，一只大手不知从那里伸来，紧紧扣住棋子的衣领向空提了起来，我不禁尖声惊叫，棋子的脸霎时间像放久了的柚子，缩绉成一团，脸上流露着无助的恐惧，他颤栗着。

“干你老母，妓女户无闲得像狗蚁，你闲仙仙跑来这里下棋！”旺火一手提着棋子，一手便乱棒似地打着棋子，棋子流泪沉默着，像是暴雨中缩首的小鸡子，甚至没有一句告饶。

“好！你爱棋子，让你下个粗饱！”旺火咬牙说着，右手胡乱地抓了一把棋子，将一粒粒的棋塞到棋子因恐惧而扭曲的嘴巴中。我听到棋子呕呕的声音，他的嘴裂了，鲜血自嘴角点点滴滴地流下来，眼球暴张，旺火的脸也因暴怒而扭乱着，他瞥见我呆立一旁，脸上流过一丝冷笑，说：“干，看啥？也想吃吗？”

我吓得直打抖，便没命的奔回家去唤爸爸，那一幕惊恐的影像却魔影也似地追打着我。

爸爸来不及穿上衣，赤着身子跑到暗巷里去。

我们到的时候，只看见满地零零落落的鲜血，旺火和棋子都已经不知去向，我们又跑到旺火的家，只见桌椅零乱，也不知何处去了。

爸爸还不死心，拉着我上妓女户去。

老鸨满脸堆欢地走出来：“哇！林先生，今日是什么风把你吹来了？”

爸爸冷着脸，问：“旺火呢？”

“下午跑出去找他后生，再也没有回来呢！”

“伊娘咧！”

被怒火焚烧的爸爸牵着我的手又冲跑出来，我们就在镇里的大街小巷穿梭了几回，那里还有棋子的踪影，我疲累无助地流下了眼泪，爸爸很是心慌：

“哭什么？”

“棋子一定会死的，他吃了一盘棋。”爸爸又怨恨又焦虑地叹了一口气，领带着我回家，我毫无所知地走着，走着，棋子的苦痛岁月一幕一幕在我脑中放映，我好像有一个预感，再也见不到棋子了。

然后，我便忍不住哭倒在爸爸的怀里。

二十年的漫漫天涯，我进了电影界，并有机会担任副导演的工作，有一次我们要在金山海边拍一场无聊的爱情戏，为了男女主角的殉情，我们安排了一个临时搭起的小屋，每天我就到海边去看那一间用一片一片木板搭盖起来的房子。

快要完成的那一天，我在屋顶上看见一个熟悉的身影，正在烈日的午后勤奋地钉着铁钉，当他抬起头时我看清了那一张小小的三角脸、八字眉，我的心猛然一缩——那不是棋子吗？

“那个留平头的青年叫什么名字？”我踯躅了一下，去见他们的工头。

“阿基仔。”

“他是那里人？”

“我们搭外景的工人都是临时召募来的，我不知道他是那里人。”

“他是不是爱下棋？”工头摇摇头，两手一摊，便又去做他的工作了。

我站在旁边端详很久，忍不住抬头高唤了一声：“棋子！”

年轻人停止手边的工作，用茫然的眼神望了望我，“我……”我的话尚未出口，他又继续做他的工作。

“棋子，我是阿玄，你不认识我了吗？”

“先生，你认错人了。”他脸无表情的说。

“你小时候常和我一起的呀！你爸爸旺火呢？”我热切地怀抱着希望地说。

“先生，你认错人了。”他绉着眉，冷冷地说。

我不敢再问，只能站得远远地，看那一座脆弱的、随便搭盖起来的外景房，在薄暮的海风中渐渐成形。

当夜我折腾了一夜，想起日间那一个熟悉的影子，与我幼年时代的影像一贴合，不禁兴念起许多生命的无常，我几乎可以肯定那个脸和那个神情，便是隐埋在我心最深处的棋子。

“那一定是棋子！”

我便在这一句简单的呼喊中惊得每根神经末梢都充血的失眠了。

第二天，我再到外景地去问工头，他说：“伊喔，昨日晚也不知为什么说辞工不做，拿着工钱走了，现在的工人真没办法……”然后他想起什么似地惊诧地问我：“先生，找他有什么事吗？”

“没有，没有，只是问问。”我心慌地说。

那一刻我知道，棋子将在我的生命中永远地消失了。

不论处在任何景况，都还有幸福的可能，能在绝壁之处也见到缝隙中的阳光。

幸福的开关

一直到现在，我每看到在街边喝汽水的孩童，总会多注视一眼。而每次走进超级市场，看到满墙满架的汽水、可乐、果汁饮料，心里则颇有感慨。

看到这些，总令我想起童年时代想要喝汽水而不可得的景况，在台湾初光复不久的那几年，乡间的农民虽不致饥寒交迫，但是想要三餐都吃饱似乎也不太可得，尤其是人口众多的家族。更不要说有什么零嘴饮料了。

我小时候对汽水有一种特别奇妙的向往，原因不在汽水有什么好喝，而是由于喝不到汽水。我们家是有几十口人的大家族，小孩依大排行就有十八个之多，记忆里东西仿佛永远不够吃，更别说是喝汽水了。

喝汽水的时机有三种，一种是喜庆宴会，一种是过年的年夜饭，一种是庙会节庆。即使有汽水，也总是不够喝，到要喝汽水时好像进行一个隆重的仪式，十八个杯子在桌上排成一列，依序各倒半杯，几乎喝一口就光了，然后大家舔舔嘴唇，觉得汽水的滋味真是鲜美。

有一回，我走在街上的时候，看到一个孩子喝饱了汽水，站在屋檐下呕气，呕——长长的一声，我站在旁边简直看呆了，羡慕得要死掉，忍不住忧伤地自问道：什么时候我才能喝汽水喝到饱？什么时候才能喝汽水喝到呕气？因为到读小学的时候，我还没有尝过喝汽水喝到呕气的滋味，心想，能喝汽水喝到把气呕出来，不知道是何等幸福的事。

当时家里还点油灯，灯油就是煤油，台语称作“臭油”或“番仔油”，有一次我的母亲把臭油装在空的汽水瓶里，放置在桌脚旁，我趁大人不注意，一个箭步就把汽水瓶拿起来往嘴里灌，当场两眼翻白、口吐白沫，经过医生的急救才活转过来。为了喝汽水而差一点丧命，后来成为家里的笑谈，却并没有阻绝我对汽水的向往。

在小学三年级的时候，有一位堂兄快结婚了，我在他结婚的前一晚竟辗转反侧的失眠了，我躺在床上暗暗发愿：明天一定要喝汽水喝到饱，至少喝到呕气。

第二天我一直在庭院前窥探，看汽水送来了没有，到上午九点多，看到杂货店的人送来几大箱的汽水，堆叠在一处。我飞也似的跑过去，提了两大瓶的黑松汽水，就往茅房跑去。彼时农村的厕所都盖在远离住屋的几十公尺之外，有一个大粪坑，几星期才清理一次，我们小孩子平时是很恨进茅房的，卫生问题通常是就地解决，因为里面实在太臭了。但是那一天我早计划好要在里面喝汽水，那是家里唯一隐秘的地方。

我把茅房的门反锁，接着打开两瓶汽水，然后以一种虔诚的心情，把汽水咕嘟咕嘟的往嘴里灌，就像灌蟋蟀一样，一瓶汽水一会儿就喝光了、几乎一刻也不停的，我把第二瓶汽水也灌进腹中。

我的肚子整个胀起来，我安静坐在茅房地板上，等待着呕气，慢慢地，肚子有了动静，一股沛然莫之能御的气翻涌出来，呕——汽水的气从口鼻冒了出来，冒得我满眼都是泪水，我长长的叹了一口气：“这个世界上再也没有比喝汽水喝到呕气更幸福的事了吧！”然后朝圣一般打开茅房的木栓，走出来，发现阳光是那么温暖明亮，好像从天上回到了人间。

每一粒米都充满幸福的香气

在茅房喝汽水的时候，我忘记了茅房的臭味，忘记了人间的烦恼，觉得自己是世上最幸福的人，一直到今天我还记得那年叹息的情景，当我重复地说：“这个世界上再也没有比喝汽水喝到呕气更幸福的事了吧！”心里百感交集，眼泪忍不住就要落下来。

贫困的岁月里，人也能感受到某些深刻的幸福，像我常记得添一碗热腾腾的白饭，浇一匙猪油、一匙酱油，坐在“户定”（厅门的石阶）前细细品味猪油拌饭的芳香，那每一粒米都充满了幸福的香气。

有时这种幸福不是来自食物，我记得当时在我们镇上住了一位卖酱菜的老人，他每天下午的时候都会推着酱菜摊子在村落间穿梭。他沿路都摇着一串清脆的铃铛，在很远的地方就可以听见他的铃声，每次他走到我们家的时候，都在夕阳将落下之际，我一听见他的铃声跑出来，就看见他浑身都浴在黄昏柔美的霞光中，那个画面、那串铃声，使我感到一种难言的幸福，好像把人心灵深处的美感全唤醒了。

有时幸福来自于自由自在的在田园中徜徉了一个下午。

有时幸福来自于看到萝卜田里留下来作种的萝卜，开出一片宝蓝色的花。

有时幸福来自于家里的大狗突然生出一窝颜色都不一样的，毛绒绒的小狗。

生命的幸福原来不在于人的环境、人的地位、人所能享受的物质，而在于人的心灵如何与生活对应。因此，幸福不是由外在事物决定的，贫困者有贫困者的幸福，富有者有其幸福，位尊权贵者有其幸福，身分卑微者也自有其幸福。在生命里，人人都是有笑有泪；在生活中，人人都有幸福与忧恼，这是人间世界真实的相貌。

从前，我在乡间城市穿梭做报导访问的时候，常能深刻的感受到这一点，坐在夜市喝甩头仔米酒配猪头肉的人民，他感受到的幸福往往不逊于坐在大饭店里喝 XO 的富豪。蹲在寺庙门口喝一斤二十元粗茶的农夫，他得到的快乐也不逊于喝冠军茶的人。围在甘蔗园呼么喝六，输赢只有几百元的百姓，他得到的刺激绝对不输于在梭哈台上输赢几百万的豪华赌徒。

这个世界原来就是个相对的世界，而不是绝对的世界，因此幸福也是相对的，不是绝对的。

由于世界是相对的，使得到处都充满缺憾，充满了无奈与无言的时刻。但也由于相对的世界，使得我们不论处在任何景况，都还有幸福的可能，能在绝壁之处也见到缝隙中的阳光。

我们幸福的感受不全然是世界所给予的，而是来自我们对外在或内在的价值判断，我们的幸福与否，正是由自我的价值观来决定的。

他第一次知道自己的心那样清和柔软，像春天里初初抽芽的绒绒草地。

飞鸽的早晨

哥哥在山上做了一个捕鸟的网，带他去看有没有鸟入网。

他们沿着散满鹅卵石的河床，那时正是月桃花盛开的春天，一路上，月桃花微微的乳香穿过粗野的山林草气，随着温暖的风在河床上流荡。随后，他们穿过一些人迹罕到的山径，进入生长着野相思林的山间。

在路上的时候，哥哥自豪地对他说："我的那面鸟网仔，飞行的鸟很难看见，在有雾的时候逆着阳光就完全看不见了。"

看到网时，他完全相信了哥哥的话。

那面鸟网布在山顶的斜坡，形状很像学校排球场上的网，狭长形的，大约有十公尺那么长，两旁的网线系在两棵相思树干上，不仔细看，真是看不见那面网。但网上的东西却是很真切的在扭动着，哥哥在坡下就大叫："捉到了！捉到了！"然后很快的奔上山坡，他拼命跑，尾随着哥哥。

跑到网前，他们一边喘着大气，才看清哥哥今天的收获不少，网住了一只鸽子、三只麻雀，它们的脖颈全被网子牢牢扣死，却还拼命在挣扎，"这网子是愈扭动扣得愈紧。"哥哥得意地说，把两只麻雀解下来交给他，他一手握一只麻雀，感觉到麻雀高热的体温，麻雀蹦蹦慌张的心跳，也从他手心传了过来。

他忍不住同情的注视刚从网子解下的麻雀，它们正用力的呼吸着，发出像人一样的咻咻之声。

咻咻之声在教室里流动，他和同学大气也不敢喘，静静地看着老师。

老师正靠在黑板上，用历史课本掩面哭泣。

他们那一堂历史课正讲到南京大屠杀，老师说到日本兵久攻南京城不下，后来进城了，每个兵都执一把明晃晃的武士刀，从东门杀到西门，从街头砍到巷尾。最后发现这样太麻烦了，就把南京的老百姓集合起来挖壕沟，挖好了跪在壕沟边，日本兵一刀一个，刀落头滚，人顺势前倾栽进沟里，最后用新翻的土掩埋起来。

“民国二十六年十二月十三日，你们必须记住这一天，日本兵进入南京城，烧杀奸淫，我们中国老百姓，包括妇女和小孩子，被惨杀而死的超过三十万人……”老师说着，他们全身的毛细孔都张开，轻微的颤抖着。

说到这里，老师叹息一声说：“在那个时代，能一刀而死的人已经是最幸运了。”

老师合起历史课本，说她有一些亲戚住在南京，抗战胜利后，她到南京去寻找亲戚的下落，十几个亲戚竟已骸骨无存，好像从来没有在这个世界存在过，她在南京城走着，竟因绝望的悲痛而昏死过去……

老师的眼中升起一层雾，雾先凝成水珠滑落，最后竟掩面哭了出来。

老师的泪，使他们仿佛也随老师到了那伤心之城。他温柔而又忧伤地注视这位他最敬爱的历史老师，老师挽了一个发髻，露出光洁美丽饱满的额头，她穿一袭蓝得天空一样的蓝旗袍，肌肤清澄如玉，在她落泪时是那样凄楚，又是那样美。

老师是他那时候的老师里唯一来自北方的人，说起国语来水波灵动，像小溪流过竹边，他常坐着听老师讲课而忘失了课里的内容，就像听见风铃叮叮摇曳。她是那样秀雅，很难让人联想到那烽火悲歌的时代，但那是真实的呀！最美丽的中国人也从炮火里走过！

说不出为什么，他和老师一样心酸，眼泪也落了下来，这时，他才听见同学们都在哭泣的声音。

老师哭了一阵，站起来，细步急走的出了教室，他望出窗口，看见老师从校园中两株相思树穿过去，蓝色的背影在相思树中隐没。

哥哥带他穿过一片浓密的相思林，拨开几丛野芒花。

他才看见隐没在相思林中用铁丝网围成的大笼子，里面关了十几只鸽子，还有斑鸠、麻雀、白头翁、青笛儿，一些吱吱喳喳的小鸟。

哥哥讨好地说："这笼子是我自己做的，你看，做得不错吧？"他点点头，哥哥把笼门拉开，将新捕到的鸽子和麻雀丢了进去。他到那时才知道，为什么哥哥一放学就往山上跑的原因。

哥哥大他两岁，不过在他眼中，读初中一年级的哥哥已像个大人。平常，哥哥是不屑和他出游的，这一次能带他上山，是因为两星期前他们曾打了一架，他立志不与哥哥说话，一直到那天哥哥说愿意带他到山上捕鸟，他才让了步。

"为什么不把捕到的鸟带回家呢？"他问。

"不行的，"哥哥说，"带回家会挨打，只好养在山上。"

哥哥告诉他，把这些鸟养在山上，有时候带同学到山上烧烤小鸟吃，真是人间的美味。在那样物质匮乏的年代，烤小鸟对乡下孩子确有很大的诱惑。

他也记得，哥哥第一次带两只捕到的鸽子回家烧烤，被父亲毒打的情景，那是因为鸽子的脚上系着两个脚环，父亲看到脚环时大为震怒，以为哥哥是偷来的。父亲一边用藤条抽打哥哥，一边大声吼叫："我做牛做马饲你们长大，你却去偷人家的鸽子杀来吃！"

"我做牛做马饲你们长大，你却……"这是父亲的口头禅，每次他们犯了错，父亲总是这样生气的说。

做牛做马，对这一点，他记忆中的父亲确实是牛马一样日夜忙碌的，并且他也知道父亲的青少年时代过得比牛马都不如，他的父亲，是从一个恐怖的时代活存过来的。父亲的故事，他从年幼就常听父亲提起。

父亲生在日据时代的晚期，十四岁时就被以“少年队”的名义调到左营桃仔园做苦工，每天凌晨四点开始工作到天黑，做最粗鄙的工作。十七岁，他被迫加入“台湾总督府勤行报国青年队”，被征调到雾社，及更深山的“富士社”去开山，许多人掉到山谷死去了，许多人体力不支死去了，还有许多是在精神折磨里无声无息的死去了，和他同去的中队有一百多人，活着回来的只有十一个。

他小学一年级第一次看父亲落泪，是父亲说到在“勤行报国青年队”时每天都吃不饱，只好在深夜跑到马槽，去偷队长喂马的饲料，却不幸被逮住了，差一点活活被打死。父亲说：“那时候，日本队长的白马所吃的粮，比我们吃得还好，那时我们台湾人真是牛马不如呀！”说着，眼就红了。

二十岁，父亲被调去“海军陆战队”，转战太平洋，后来深入中国内地，那时日本资源不足，据父亲说最后的两年过得是鬼也不如，怪不得日本鬼子后来会恶性大发。父亲在求生不能求死不得的战火中过了五年，最后日本投降，他也随日本军队投降了。

父亲被以“日籍台湾兵”的身分遣送回台湾，与父亲同期被征调的台湾籍日本兵有二百多人，活着回到家乡的只有七个。

“那样深的仇恨，都能不计较，真是了不起的事呀！”父亲感慨地对他们说。

那样深的仇恨，怎样去原谅呢？

这是他幼年时代最好奇的一段，后来他美丽的历史老师，在课堂上用一种庄严明澈的声音，一字一字朗诵了那一段历史：

“我中国同胞们须知‘不念旧恶’及‘与人为善’为我民族传统至高至贵之德行。我们一贯声言，我们只认日本黩武的军阀为敌，不以日本的人民为敌。今天敌军已被我们盟邦共同打倒了，我们当然要严密责成他忠实执行所有的投降条款。但是，我们并不要报复，更不可对敌国无辜人民加以污辱。我们只有对他们为他的纳粹军阀所愚弄所驱迫而表示怜悯，使他们能自拔于错误与罪恶。要知道，如果以暴行答复敌人以前的暴行，以奴辱来答复他们从前错误的优越感，则冤冤相报，永无终止，绝不是我们仁义之师的目的。”

听完那一段，他虽不能真切明白其中的含意，却能感觉到字里行间那种宽广博大的悲悯，尤其是最后“仁义之师”四个字使他的心头大为震动。在这种震动里面，课室间流动的就是那悲悯的空气，庄严而不带有一丝杂质。

老师朗读完后，轻轻的说：“那时候，全国都弥漫着仇恨与报复的情绪，虽然说被艰苦得来的胜利所掩盖，但如果没有蒋主席在重庆的这段宣言表明政府的态度，留在中国的日本人就不可收拾了。”

老师还说，战争是非常不幸的，只有亲历战争悲惨的人，才知道胜利与失败同样的不幸。我们中国人被压迫、被惨杀、被蹂躏，但如果没有记取这些，而用来报复给别人，那最后的胜利就更不幸了。

记得在上那抗战的最后一课，老师已洗清了她刚开始讲抗战的忧伤，而是那么明净，仿佛是卢沟桥新雕的狮子，周身浴在一层透明的光中。那是多么优美的画面，他当时看见老师的表情，就如同供在家里佛案上的白瓷观音。

他和哥哥打架时，深切知道宽容仇恨是很困难的，何况是千万人的被屠杀？可是在那些被仇恨者中，有他最敬爱的父亲，他就觉得那对侵略者的宽容是多么伟大而值得感恩。

老师后来给他们说了一个故事，是他永远不能忘记的：

“有一只幼小的鸽子，被饥饿的老鹰追逐，飞入林中，这时一位高僧正在林中静坐。鸽子飞入高僧的怀中，向他求救。高僧抱着鸽子，对老鹰说：

“请你不要吃这只小鸽子吧！”

“我不吃这只鸽子就会饿死了，你慈悲这鸽子的生命，为什么不能爱惜我的生命呢？”老鹰说。

“这样好了，看这鸽子有多重，我用身上的肉给你吃，来换取它的生命，好吗？”

老鹰答应了高僧的建议。

高僧将鸽子放在天平的一端，然后从自己身上割取同等大的肉放在另一端，但是天平并没有平衡。说也奇怪，不论高僧割下多少肉，都没有一只幼小的鸽子重，直到他把股肉臂肉全割尽，小鸽站立的天平竟没有移动分毫。

最后，高僧只好竭尽仅存的一口气将整个自己投在天平的一端，天平才算平衡了。

老师给这个故事做了这样的结论：“生命是不可取代的，不管生命用什么面目呈现，都有不可取代的价值，老鹰与鸽子的生命不可取代，侵略者与被侵略者也是一样的，为了救鸽子而杀老鹰是不公平的，但天下有什么绝对公平的事呢？”

说完后，老师抬头看着远方的天空，蓝天和老师的蓝旗袍一样澄明无染，他的心灵仿佛也受到清洗，感受到慈悲有壮大的力量，可以包容这个世界。人虽然渺小，但只要有慈悲的胸怀，也能够像蓝天与虚空一般庄严澄澈，照亮世界。

上完课，老师踩着阳光的温暖走入相思树间，惊起了在枝桠中的麻雀。

黄昏时分，他忧心的坐在窗口，看急着归巢的麻雀零落的飞过。

他的忧心，是因为哥哥第二天要和同学到山上去烧鸟大会，特别邀请了他。他突然想念起那一群被关在山上铁笼里的鸟雀，想起故事里飞入高僧怀中的那只小鸽子，想起有一次他和同学正在教室里狙杀飞舞的苍蝇，老师看见了说：“别打呀！你们没看见那些苍蝇正在搓手搓脚的讨饶吗？”

明天要不要去赴哥哥的约会呢？

去呢？不去呢？

清晨，他起了个绝早。

在阳光尚未升起的时候，他就从被窝钻了出来，摸黑沿着小径上山，一路上听见鸟雀们正在醒转的声音。在那些喃喃细语的鸟鸣声中，他仿佛听见了每天清晨上学时母亲对他的叮咛。

在这个纷乱的世间，不论是亲人、仇敌、宿怨，乃至畜生、鸟雀，都是一样疼爱着自己的儿女吧！

跌了好几跤，他才找到哥哥架网的地方，有几只早起的麻雀已落在网里，做最后的挣扎。他走上去，一一解开它们的束缚，看着麻雀如箭一般惊慌的腾飞上空中。

他钻进哥哥隐藏铁笼的林中，拉开了铁丝网的门，鸟们惊疑的注视着他，轻轻扑动翅翼，他把它们赶出笼子。也许是关得太久了，那些鸟在笼门口迟疑一下，才振翅飞起。

尤其是几只鸽子，站在门口半天还不肯走，他用双手赶着它们说："飞呀！飞呀！"鸽子转着墨圆明亮的眼珠，骨溜溜地看着他，试探地拍拍翅，咕咕！咕咕！咕咕！叫了几声，才以一种优美无比的姿势冲向空中，在他的头上盘桓了两圈，才往北方的蓝天飞去。

在鸽子的咕咕声中，他恍若听见了感恩的情意，于是，他静静地看着鸽子的灰影完全消失在空中，这时候第一道晨曦才从东方的山头照射过来，大地整个醒转，满山的鸟鸣与蝉声从四面八方演奏出来，好像这是多么值得欢腾的庆典。他感觉到心潮汹涌澎湃，他第一次知道自己的心那样清和柔软，像春天里初初抽芽的绒绒草地，随着他放出的高飞远扬的鸽子、麻雀、白头翁、斑鸠、青笛儿，他听见了自己心灵深处一种不能言说的慈悲的消息，在整个大地里萌动涌现。

看着苏醒的大地，看着流动的早云，看着光明无限的天空，看着满天清朗的金橙色霞光，他的视线逐渐模糊了，才发现自己的眼中饱孕将落未落的泪水，心底的美丽一如晨曦照耀的露水，充满了感恩的喜悦。

我多么怀念父亲那时的笑，也期待再看父亲的笑。

期待父亲的笑

父亲躺在医院的加护病房里，还殷殷地叮嘱母亲不要通知远地的我，因为他怕我在台北工作担心他的病情。还是母亲偷偷叫弟弟来通知我，我才知道父亲住院的消息。

这是典型的父亲的个性，他是不论什么事总是先为我们着想，至于他自己，倒是很少注意。我记得在很小的时候，有一次父亲到凤山去开会，开完会他到市场去吃了一碗肉羹，觉得是很少吃到的美味，他马上想到我们，先到市场去买了一个新锅，买一大锅肉羹回家。当时的交通不发达，车子颠簸得厉害，回到家时肉羹已冷，且溢出了许多，我们吃的时候已经没有父亲所形容的那种美味。可是我吃肉羹时心血沸腾，特别感到那肉羹是人生难得，因为那里面有父亲的爱。

在外人的眼中，我的父亲是粗犷豪放的汉子，只有我们做子女的知道他心里极为细腻的一面。提肉羹回家只是一端，他不管到什么地方，有好的东西一定带回给我们，所以我童年时代，父亲每次出差回来，总是我们最高兴的时候。

他对母亲也非常体贴，在记忆里，父亲总是每天清早就到市场去买菜，在家用方面也从不让母亲操心。这三十年来我们家都是由父亲上菜场，一个受过日式教育的男人，能够这样内外兼顾是很少见的。

父亲的青壮年时代虽然受过不少打击和挫折，但我从来没有看过父亲忧愁的样子。他是一个永远向前的乐观主义者，再坏的环境也不皱一下眉头，这一点深深地影响了我，我的乐观与韧性大部分得自父亲的身教。父亲也是个理想主义者，这种理想主义表现在他对生活与生命的尽力，他常说："事情总有成功和失败两面，但我们总是要往成功的那个方向走。"

由于他的乐观和理想主义，使他成为一个温暖如火的人，只要有他在就没有不能解决的事，就使我们对未来充满了希望。他也是个风趣的人，再坏的情况下，他也喜欢说笑，他从来不把痛苦给人，只为别人带来笑声。

小时候，父亲常带我和哥哥到田里工作，透过这些工作，启发了我们的智慧。例如我们家种竹笋，在我没有上学之前，父亲就曾仔细地教我怎么去挖竹笋，怎么看土地的裂痕，才能挖到没有出青的竹笋。二十年后我到竹山去采访笋农，曾在竹笋田里表演了一手，使得笋农大为佩服。其实我已二十年没有挖过笋，却还记得父亲教给我的方法，可见父亲的教育对我影响多么大。

由于是农夫，父亲从小教我们农夫的本事，并且认为什么事都应从农夫的观点出发。像我后来从事写作，刚开始的时候，父亲就常说："写作也像耕田一样，只要你天天下田，就没有不收成的。"他也常叫我不要写政治文章，他说："不是政治性格的人去写政治文章，就像种稻子的人去种槟榔一样，不但种不好，而且常会从槟榔树上摔下来。"

他常教我多写些于人有益的文章，少批评骂人，他说："对人有益的文章是灌溉施肥，批评的文章是放火烧山；灌溉施肥是人可以控制的，放火烧山则常常失去控制，伤害生灵而不自知。"他叫我做创作者，不要做理论家，他说："创作者是农夫，理论家是农会的人。农夫只管耕耘，农会的人则为了理论常会牺牲农夫的利益。"

父亲的话中含有至理，但他生平并没有写过一篇文章。他是用农夫的观点来看文章，每次都是一语中的，意味深长。

有一回我面临了创作上的瓶颈，回乡去休息，并且把我的苦恼说给父亲听。他笑着说："你的苦恼也是我的苦恼，今年香蕉收成很差，我正在想明年还要不要种香蕉，你看，我是种好呢？还是不种好？"我说："你种了四十多年的香蕉，当然还要继续种呀！"

他说："你写了这么多年，为什么不继续呢？年景不会永远坏的。假如每个人写文章写不出来就不写了，那么，天下还有大作家吗？"

我自以为在写作上十分用功，主要是因为我生长在世代务农的家庭。我常想：世上没有不辛劳的农人，我是在农家长大的，为什么不能像农人那么辛劳？最好当然是像父亲一样，能终日辛劳，还能利他无我，这是我写了十几年文章时常反躬自省的。

母亲常说父亲是劳碌命，平日总闲不下来，一直到这几年身体差了还时常往外跑，不肯待在家里好好休息。他是那一种有福不肯独享，有难愿意同当的人。

他年轻时身强体壮，力大无穷，每天挑两百斤的香蕉来回几十趟还轻松自在。我还记得他的脚大得像船一样，两手摊开时像两个扇面。一直到我上初中的时候，他一手把我提起还像提一只小鸡，可是也是这样棒的身体害了他，他饮酒总不知节制，每次喝酒一定把桌底都摆满酒瓶才肯下桌，喝一打啤酒对他来说是小事一桩，就这样把他的身体喝垮了。

在六十岁以前，父亲从未进过医院，这三年来却数度住院，虽然个性还是一样乐观，身体却不像从前硬朗了。这几年来如果说我有什么事放心不下，那就是操心父亲的健康，看到父亲一天天消瘦下去，真是令人心痛难言。

父亲有五个孩子，这里面我和父亲相处的时间最少，原因是我离家最早，工作最远。我十五岁就离开家乡到台南求学，后来到了台北，工作也在台北，每年回家的次数非常有限。近几年结婚生子，工作更加忙碌，一年更难得回家两趟，有时颇为自己不能孝养父亲感到无限愧疚。父亲很知道我的想法，有一次他说："你在外面只要向上，做个有益社会的人，就算是有孝了。"

母亲和父亲一样，从来不要求我们什么，她是典型的农村妇女，一切荣耀归给丈夫，一切奉献都给子女，比起他们的伟大，我常觉得自己的渺小。

我后来从事报导文学，在各地的乡下人物里，常找到父亲和母亲的影子，他们是那样平凡、那样坚强，又那样的伟大。我后来的写作里时常引用村野百姓的话，很少引用博士学者的宏论，因为他们是用生命和生活来体验智慧，从他们身上，我看到了最伟大的情操，以及文章里最动人的素质。

我常说我是最幸福的人，这种幸福是因为我童年时代有好的双亲和家庭，我青少年时代有感情很好的兄弟姐妹；进入中年，有许多知心的朋友。我对自己的成长总抱着感恩之心，当然这里面最重要的基础是来自于我的父亲和母亲，他们给了我一个乐观、关怀、良善、进取的人生观。

我能给他们的实在太少了，这也是我常深自忏悔的。有一次我读到《佛说父母恩重难报经》，佛陀这样说：

> 假使有人，为于爹娘，手持利刀，割其眼睛，献于如来，
> 经百千劫，犹不能报父母深恩。
> 假使有人，为于爹娘，亦以利刀，割其心肝，血流遍地，
> 不辞痛苦，经百千劫，犹不能报父母深恩。
> 假使有人，为于爹娘，百千刀戟，一时刺身，于自身中，左右出入，
> 经百千劫，犹不能报父母深恩……

读到这里，不禁心如刀割，涕泣如雨。这一次回去看父亲的病，想到这本经书，在病床边强忍着要落下的泪，这些年来我是多么不孝，陪伴父亲的时间竟是这样的少。

母亲也是，有一位也在看护父亲的郑先生告诉我："要知道你父亲的病情，

不必看你父亲就知道了，只要看你妈妈笑，就知道病情好转，看你妈妈流泪，就知道病情转坏，他们的感情真是好。”

为了看顾父亲，母亲在医院的走廊打地铺，几天几夜都没能睡个好觉。父亲生病以后，她甚至还没有走出医院大门一步，人瘦了一圈，一看到她的样子，我就心疼不已。

但愿，但愿，但愿父亲的病早日康复。以前我在田里工作的时候，看我不会农事，他会跑过来拍我的肩说：“做农夫，要做第一流的农夫；想写文章，要写第一流的文章；要做人，要做第一等人。”然后觉得自己太严肃了，就说：“如果要做流氓，也要做大尾的流氓呀！”然后父子两人相顾大笑，笑出了眼泪。

我多么怀念父亲那时的笑。

也期待再看父亲的笑。

一个人住在脚踏不到泥土的地方，父亲竟不能忍受。

红心番薯

看我吃完两个红心番薯，父亲才放心地起身离去，走的时候还落寞地说："为什么不找个有土地的房子呢？"

这次父亲北来，是因为家里的红心番薯收成，特地背了一袋给我，还挑选几个格外好的，希望我种在庭前的院子。他万万没有想到，我早已从郊外的平房搬到城中的大厦，根本是容不下绿色的地方，甚至长不出一株狗尾草，不要说番薯了。

到车站接了父亲回到家里，我无法形容父亲的表情有多么近乎无望。他在屋内转了三圈，才放下提着的麻袋，愤愤地说："伊娘咧！你竟住在无土的所在！"一个人住在脚踏不到泥土的地方，父亲竟不能忍受，也是我看到他的表情才知道的。然后他的愤愤转成喃喃："你住在这种上不着天下不着地的所在，我带来的番薯要种在哪里？要种在哪里？"

父亲对番薯的感情，也是这两年我才深切知道的。

那是有一次我站在旧家前，看着河堤延伸过来的菅芒花，在微凉秋风中摇动着，那些遍地蔓生的菅芒长得有一人高，我看到较近的菅芒摇动得特别厉害，凝神注视，才突然看到父亲走在那一片菅芒里，我大吃一惊。原来父亲的头发和秋天灰白的菅芒花是同一个颜色，他在遍生菅芒的野地里走了几百公尺，我竟未能看见。

那时我站在家前的番薯田里，父亲来到我的面前，微笑的问：“在看番薯吗？你看长得像羊头一样大了哩！”说着，他蹲下来很细心的拨开泥土，捧出一个精壮圆实的番薯来，以一种赞叹的神情注视着番薯。我带着未能在菅芒花中看见父亲身影的愧疚心情，与他面对面蹲着。父亲突然像儿童天真欢愉的叹了一口气，很自得地说：“你看，恐怕没有人番薯种得比我好了。”然后他小心翼翼把那个番薯埋入土中，动作像在收藏一件艺术品，神情庄重而带着收获的欢愉。

父亲的神情使我想起幼年有关于番薯的一些记忆。有一次我和几位外省的小孩子吵架，他们一直骂着：“番薯呀！番薯呀！”我们就回骂：“老芋呀！老芋呀！”

对这两个名词我是疑惑的，回家询问了父亲。那天他喝了几杯老酒，神情至为愉快，他打开一张老旧的地图，指着台湾的那一部分说：“台湾的样子真是像极了红心的番薯，你们是这番薯的子弟呀！”而无知的我便指着北方广大的大陆说：“那，这大陆的形状就是一个大的芋头了，所以外省人是芋仔的子弟？”父亲大笑起来，抚着我的头说：“憨囝仔，我们也是唐山来的，只是来得比较早而已。”

然后他用一枝红笔，从我们遥远的北方故乡有力地画下来，牵连到我们所居的台湾南部。那是第一次在十烛光的灯泡下，我认识到，芋头与番薯原来是极其相似的植物，并不是我们想像中那么判然有别的。也第一次知道，原来在东北会落雪的故乡，也遍生着红心的番薯！

我更早的记忆，是从我会吃饭开始的。家里每次收成番薯，总是保留一部分填置在木板的眠床底下。我们的每餐饭中一定煮了三分之一的番薯，早晨的稀饭里也放了番薯签，有时吃腻了，我就抱怨起来。

听完我的抱怨，父亲就激动地说起他少年的往事。他们那时为了躲警报，常常在防空壕里一窝就是一整天。所以祖母每每把番薯煮好放着，一旦警报声响，父亲的九个兄弟姊妹就每人抱两三个番薯直奔防空壕，一边啃番薯，一边听飞机和炮弹在四处交响。他的结论常常是："那时候有番薯吃，已经是天大的幸福了。"他一说完这个故事，我们只好默然的把番薯扒到嘴里去。

父亲的番薯训诫并不是寻常都如此严肃，偶尔也会说起战前在日本人的小学堂中放屁的事。由于吃多了番薯，屁有时是忍耐不住的，当时吃番薯又是一般家庭所不能免，父亲形容说："因此一进了教室往往是战云密布，不时传来屁声。"而他说放屁是会传染的，常常一呼百诺，万众皆响。有一回屁得太厉害，全班被日本老师罚跪在窗前，即使跪着，屁声仍然不断。父亲顽笑地说："经过跪的姿势，屁声好像更响了。"他说这些的时候，我们通常就吃番薯吃得比较甘心，放起屁来也不以为忤了。

然后是一阵战乱，父亲到南洋打了几年仗，在丛林之中，时常从睡梦中把他唤醒，时常让他在思乡时候落泪的，不是别的珍宝，只是普普通通的红心番薯。它烤炙过的香味，穿过数年的烽火，在万金家书也不能抵达的南洋，温暖了一位年轻战士的心，并呼唤他平安的回到家乡。他有时想到番薯的香味，一张像极番薯形状的台湾地图就清楚浮现，思绪接着往南方移动，再来的图像便是温暖的家园，还有宽广无边结满黄金稻穗的大平原……

战后返回家乡，父亲的第一件事便是在家前家后种满了番薯，日后遂成为我们家的传统。家前种的是白瓤番薯，粗大壮实，一个可以长到十斤以上；屋后一小片园地是红心番薯，一串一串的果实，细小而甜美。白瓤番薯是为了预防战争逃难而准备的，红心番薯则是父亲南洋梦里的乡思。

每年父亲从南洋归来的纪念日，夜里的一餐我们通常不吃饭，只吃红心番薯，听着父亲诉说战争的种种，那是我农夫父亲的忧患意识。他总是记得饥饿的年代，番薯是可以饱腹的，如今回想起来，一家人围着小灯食薯，那种景况我在梵高的名画《食薯者》中几乎看见。在沉默中，是庄严而肃穆的。

在这个近百年来中国最富裕的此时此地，父亲的忧患想来恍若一个神话。大部分人永远不知有枪声，只有极少数经过战争的人，在他们的心底有一段番薯的岁月，那岁月里永远有枪声时起时落。

由于有那样的童年，日后我在各地旅行的时候，便格外留心番薯的踪迹。我发现在我们所居的这张番薯形状的地图上，从最北角到最南端，从山坡上干瘠的石头地到河岸边肥沃的沙埔，番薯都能够坚强的、不经由任何肥料与农药而向四方生长，并结出丰硕的果实。

有一次，我在澎湖人迹已经迁徙的无人岛上，看到人所耕种的植物都被野草吞灭了，只有遍生的番薯还和野草争着方寸，在无情的海风烈日下开出一片淡红的晨曦颜色的花，而且在最深的土里，各自紧紧握着拳头。那时我知道在人所种植的作物之中，番薯是最强悍的。

这样想着，幼年家前家后的番薯花突然在脑中闪现，番薯花的形状和颜色都像牵牛花，唯一不同的是，牵牛花不论在篱笆上，在阴湿的沟边，都是抬头挺胸，仿佛要探知人世的风景；番薯花则通常是卑微的依着土地，好像在嗅着泥土的芳香。在夕阳将下之际，牵牛花开始萎落，而那时的番薯花却开得正美，淡红夕云一样的色泽，染满了整片土地。

正如父亲常说，世界上没有一种植物比得上番薯，它从头到脚都有用，连花也是美的。现在台北最干净的菜场也卖有番薯叶子的青菜，价钱还颇不便宜。有谁想到这在乡间是最卑贱的菜，是逃难的时候才吃的？

在我居住的地方，巷口本来有一位卖糖番薯的老人，一个滚圆的大铁锅，挂满了糖渍过的番薯，开锅的时候，一缕扑鼻的香味由四面扬散出来，那些番薯是去皮的，长得很细小，却总像记录着什么心底的珍藏。有时候我向老人买一个番薯，散步回来时一边吃着，那蜜一样的滋味进了腹中，却有一点酸苦，因为老人的脸总使我想起在烽烟奔走过的风霜。

老人是离乱中幸存的老兵，家乡在山东偏远的小县分。有一回我们为了地瓜问题争辩起来，老人坚持台湾的红心番薯如何也比不上他家乡的红瓢地瓜，他的理由是：“台湾多雨水，地瓜哪有俺的家乡甜？俺家乡的地瓜真是甜得像蜜的！”老人说话的神情好像当时他已回到家乡，站在地瓜田里。看着他的神情，使我想起父亲和他的南洋，他在烽火中的梦，我真正知道，番薯虽然卑微，它却连结着乡愁的土地，永远在乡思的天地里吐露新芽。

父亲送我的红心番薯过了许久，有些要发芽的样子，我突然想起在巷口卖糖番薯的老人，便提去巷口送他，没想到老人改行卖牛肉面了，我说：“你为什么不卖地瓜呢？”老人愕然的说：“唉！这年头，人连米饭都不肯吃了，谁来买俺的地瓜呢？”我无奈地提番薯回家，把番薯袋子丢在地上，一个番薯从袋口跳出来，破了，露出其中的鲜红血肉。这些无知的番薯，为何经过卅年，心还是红的！不肯改一点颜色？

老人和父亲生长在不同背景的同一个年代，他们在颠沛流离的大时代里，只是渺小而微不足道的人，可能只有那破了皮的红心番薯才能记录他们心里的颜色；那颜色如清晨的番薯花，在晨曦掩映的云彩中，曾经欣欣茂盛过，曾经以卑微的球根累累互相拥抱、互相温暖。他们之所以能卑微地活过人世的烽火，是因为在心底的深处有着故乡的骄傲。

站在阳台上，我看到父亲去年给我的红心番薯，我任意种在花盆中，放在阳台的花架上，如今，它的绿叶已经长到磨石子地上，甚至有的伸出阳台的栏杆，仿佛在找寻什么。每一丛红心番薯的小叶下都长出根的触须，在石地板久了，有点萎缩而干枯了。那小小的红心番薯竟是在找寻它熟悉的土地吧！因为土地，我想起父亲在田中耕种的背影，那背影的远处，是他从菅芒花丛中远远走来，到很近的地方，花白的发，冒出了菅芒。为什么番薯的心还红着，父亲的发竟白了。

在我十岁那年，父亲首次带我到都市来，我们行经一片被拆除公寓的工地，工地堆满了砖块和沙石；父亲在堆置的砖块缝中，一眼就辨认出几片番薯叶子，我们循着叶子的茎络，终于找到一株几乎被完全掩埋的根，父亲说："你看看这番薯，根上只要有土，它就可以长出来。"然后他没有再说什么，执起我的手，走路去饭店参加堂哥隆重的婚礼。

如今我细想起来，那一株被埋在建筑工地的番薯，是有着逃难的身世，由于它的脚在泥土上，苦难也无法掩埋它，比起这些种在花盆中的番薯，它有着另外的命运和不同的幸福。就像我们远离了百年的战乱，住在看起来隐密而安全的大楼里，却有了失去泥土的悲哀——伊娘咧！你竟住在无土的所在。

星空夜静，我站在阳台上仔细端凝盆中的红心番薯，发现它吸收了夜的露水，在细瘦的叶片上，片片冒出了水珠，每一片叶都沉默小心地呼吸着。那时，我几乎听到了一个有泥土的大时代，上一代人的狂歌与低吟都埋在那小小的花盆，只有静夜的敏感才能听见。

那一夜，我们坐在母亲身侧，看萤火虫一一飞入芒花。

飞入芒花

母亲蹲在厨房的大灶旁边，手里拿着柴刀，用力劈砍香蕉树多汁的草茎，然后把剁碎的小茎丢到灶中大锅，与馊水同熬，准备去喂猪。

我从大厅迈过后院，跑进厨房时正看到母亲额上的汗水反射着门口射进的微光，非常明亮。

“妈，给我两角。”我靠在厨房的木板门上说。

“走！走！走！没看到现在没闲吗？”母亲头也没抬，继续做她的活儿。

“我只要两角银。”我细声但坚定地说。

“要做什么？”母亲被我这异乎寻常的口气触动，终于看了我一眼。

“我要去买金啖。”金啖是三十年前乡下孩子唯一能吃到的糖，浑圆的，坚硬的糖球上面黏了一些糖粒。一角钱两粒。

“没有钱给你买金啖。”母亲用力地把柴刀剁下去。

“别人都有？为什么我们没有？”我怨愤地说。

“别人是别人，我们是我们，没有就是没有，别人做皇帝你怎么不去做皇帝！”母亲显然动了肝火，用力地剁香蕉块。柴刀砍在砧板上咚咚作响。

“做妈妈是怎么做的？连两角钱买金啖都没有？”

母亲不再作声，继续默默工作。

我那一天是吃了秤锤铁了心，冲口而出：“不管，我一定要！”说着就用力地踢厨房的门板。

母亲用尽力气，柴刀咔的一声站立在砧板上，顺手抄起一根生火的竹管，气急败坏地一言不发，劈头劈脑就打了下来。

我一转身，飞也似地蹦了出去，平常，我们一旦忤逆了母亲，只要一溜烟跑掉，她就不再追究，所以只要母亲一火，我们总是一口气跑出去。

那一天，母亲大概是气极了，并没有转头继续工作，反而快速的追了出来。我正奇怪的时候，发现母亲的速度异乎寻常的快，几乎像一阵风一样，我心里升起一种恐怖的感觉，想到脾气一向很好的母亲，这一次大概是真正生气了，万一被抓到一定会被狠狠打一顿。母亲很少打我们，但只要她动了手，必然会把我们打到讨饶为止。

边跑边想，我立即选择了那条火车路的小径，那是家附近比较复杂而难走的小路，整条都是枕木，铁轨还通过旗尾溪，悬空架在上面，我们天天都在这里玩耍，路径熟悉，通常母亲追我们的时候，我们就选这条路跑，母亲往往不会追来，而她也很少把气生到晚上，只要晚一点回家，让她担心一下，她气就消了，顶多也只是数落一顿。

那一天真是反常，母亲提着竹管，快步地跨过铁轨的枕木追过来，好像不追到我不肯罢休。我心里虽然害怕，却还是有恃无恐，因为我的身高已经长得快与母亲平行了，她即使用尽全力也追不上我，何况是在火车路上。

我边跑还边回头望母亲，母亲脸上的表情是冷漠而坚决的。我们一直维持着二十几公尺的距离。

“唉唷！”我跑过铁桥时，突然听到母亲惨叫一声，一回头，正好看到母亲扑跌在铁轨上面，噗的一声，显然跌得不轻。

我的第一个反应是：一定很痛！因为铁轨上铺的都是不规则的碎石子，我们这些小骨头跌倒都痛得半死，何况是妈妈？

我停下来，转身看母亲，她一时爬不起来，用力搓着膝盖，我看到鲜血从她的膝上汩汩流出，鲜红色的，非常鲜明。母亲咬着牙看我。

我不假思索地跑回去，跑到母亲身边，用力扶她站起，看到她腿上的伤势实在不轻，我跪下去说："妈，您打我吧！我错了。"

母亲把竹管用力的丢在地上，这时，我才看见她的泪从眼中急速地流出，然后她把我拉起，用力抱着我，我听到火车从很远很远的地方开过来。

我用力拥抱着母亲说："我以后不敢了。"

这是我小学二年级时的一幕，每次一想到母亲，那情景就立即回到我的心版，重新显影，我记忆中的母亲，那是她最生气的一次。其实，母亲是个很温和的人，她最不同的一点是，她从来不埋怨生活，很可能她心里也是埋怨的，但她嘴里从不说出，我这辈子也没听她说过一句粗野的话。

因此，母亲是比较倾向于沉默的，她不像一般乡下的妇人喋喋不休。这可能与她的教育与个性都有关系，在母亲的那个年代，她算是幸运的，因为受到初中的教育，日据时代的乡间能读到初中已算是知识分子了，何况是个女子。在我们那方圆几里内，母亲算是知识丰富的人，而且她写得一手娟秀的字，这一点是我小时候常引以为傲的。

我的基础教育都是来自母亲，很小的时候她就把三字经写在日历纸上让我背诵，并且教我习字。我如今写得一手好字就是受到她的影响，她常说："别人从你的字里就可以看出你的为人和性格了。"

早期的农村社会，一般孩子的教育都落在母亲的身上，因为孩子多，父亲光是养家已经没有余力教育孩子。我们很幸运的，有一位明理的、有知识的母亲。这一点，我的姐姐体会得更深刻，她考上大学的时候，母亲力排众议对父亲说："再苦也要让她把大学读完。"在二十年前的乡间，给女孩子去读大学是需要很大的决心与勇气的。

母亲的父亲——我的外祖父——在他居住的乡里是颇受敬重的士绅，日据时代在政府机构任职，又兼营农事，是典型耕读传家的知识分子，他连续拥有了八个男孩，晚年时才生下母亲，因此，母亲的童年与少女时代格外受到钟爱，我的八个舅舅时常开玩笑地说："我们八个兄弟合起来，还比不上你母亲受的宠爱。"

母亲嫁给父亲是"半自由恋爱"，由于祖父有一块田地在外祖父家旁，父亲常到那里去耕作，有时借故到外祖父家歇脚喝水，就与母亲相识，互相闲谈几句，生起一些情意。后来祖父央媒人去提亲，外祖父见父亲老实可靠，勤劳能负责任，就答应了。

父亲提起当年为了博取外祖父母和舅舅们的好感，时常挑着两百多斤的农作在母亲家前来回走过，才能顺利娶回母亲。

其实，父亲与母亲在身材上不是十分相配的，父亲是身高六尺的巨汉，母亲的身高只有一米五十，相差达三十公分。我家有一幅他们的结婚照，母亲站着到父亲耳际，大家都觉得奇怪，问起来，才知道宽大的白纱礼服里放了一个圆凳子。

母亲是嫁到我们家才开始吃苦的，我们家的田原广大，食指浩繁，是当地少数的大家族。母亲嫁给父亲的头几年，大伯父二伯父相继过世，大伯母也随之去世，家外的事全由父亲撑持，家内的事则由二伯母和母亲负担，一家三十几口的衣食，加上养猪饲鸡，辛苦与忙碌可以想见。

我印象里还有几幕影像鲜明的静照，一幕是母亲以蓝底红花背巾背着我最小的弟弟，用力撑着猪栏要到猪圈里去洗刷猪的粪便。那时母亲连续生了我们六个兄弟姊妹，家事操劳，身体十分瘦弱。我小学一年级，小弟一岁，我常在母亲身边跟进跟出，那一次见她用力撑着跨过猪圈，我第一次体会到母亲的辛苦而落下泪来，如今那一条蓝底红花背巾的图案还时常浮现出来。

另一幕是，有时候家里缺乏青菜，母亲会牵着我的手，穿过家前的一片菅芒花，到番薯田里去采番薯叶，有时候则到溪畔野地去摘鸟莘菜或芋头的嫩茎。有一次母亲和我穿过芒花的时候，我发现她和新开的芒花一般高，芒花雪样的白，母亲的发墨一般的黑，真是非常美。那时感觉到能让母亲牵着手，真是天下最幸福的事。

还有一幕是，大弟因小儿麻痹死去的时候，我们都忍不住大声哭泣，唯有母亲以双手掩面悲号，我完全看不见她的表情，只见到她的两道眉毛一直在那里抽动。依照习俗，死了孩子的父母在孩子出殡那天，要用拐杖击打棺木，以责备孩子的不孝，但是母亲坚持不用拐杖，她只是扶着弟弟的棺木，默默流泪，母亲那时的样子，到现在在我心中还鲜明如昔。

还有一幕经常上演的，是父亲到外面去喝酒彻夜未归，如果是夏日的夜晚，母亲就会搬着藤椅坐在晒谷场说故事给我们听，讲虎姑婆，或者孙悟空，讲到孩子都撑不开眼睛而倒在地上睡着。

有一回，她说故事到一半，突然叫起来说："呀！真美。"我们回过头去，原来是我们家的狗互相追逐跑进前面那一片芒花，栖在芒花里无数的萤火虫哗然飞起，满天星星点点，衬着在月下波浪一样摇曳的芒花，真是美极了。美得让我们都呆住了。我再回头，看到那时才三十岁的母亲，脸上流露着欣悦的光泽，在星空下，我深深觉得母亲是多么的美丽，只有那时母亲的美才配得上满天的萤火。

于是那一夜，我们坐在母亲身侧，看萤火虫一一飞入芒花，最后，只剩下一片宁静优雅的芒花轻轻摇动，父亲果然未归，远处的山头晨曦微微升起，萤火在芒花中消失。

我和母亲的因缘也不可思议，她生我的那天，父亲急急跑出去请产婆来接生，产婆还没有来的时候我就生出了，是母亲拿起床头的剪刀亲手剪断我的脐带，使我顺利地投生到这个世界。

年幼的时候，我是最令母亲操心的一个，她为我的病弱不知道流了多少泪，在我得急病的时候，她抱着我跑十几里路去看医生，是常有的事。尤其在大弟死后，她对我的照顾更是无微不至，我今天能有很棒的身体，是母亲在十几年间仔细调护的结果。

我的母亲是这个世界上无数的平凡人之一，却也是这个世界上无数伟大的母亲之一，她是那样传统，有着强大的韧力与耐力，才能从艰苦的农村生活过来，丝毫不怀忧怨恨。她们那一代的生活目标非常的单纯，只是顾着丈夫、照护儿女，几乎从没有想过自己的存在，在我的记忆中，母亲的忧病都是因我们而起，她的快乐也是因我们而起。

不久前，我回到乡下，看到旧家前的那一片芒花已经完全不见了，盖起一间一间的透天厝，现在那些芒花呢？仿佛都飞来开在母亲的头上，母亲的头发已经花白了，我想起母亲年轻时候走过芒花的黑发，不禁百感交集。尤其是父亲过世以后，母亲显得更孤单了，头发也更白了，这些，都是她把半生的青春拿来抚育我们的代价。

童年时代，陪伴母亲看萤火虫飞入芒花的星星点点，在时空无常的流变里也不再有了，只有当我望见母亲的白发时才想起这些，想起萤火虫如何从芒花中哗然飞起，想起母亲脸上突然绽放的光泽，想起在这广大的人间，我唯一的母亲。

她鼓励我们要有梦想，并且懂得坚持，光是这一点，使我后来成为作家。

在梦的远方

有时候回想起来，我母亲对我们的期待，并不像父亲那么明显而长远。小时候我的身体差、毛病多，母亲对我的期望大概只有一个，就是祈求我的健康，为了让我平安长大，母亲常背着我走很远的路去看医生，所以我童年时代对母亲留下的第一印象，就是趴在她的背上，去看医生。

我不只是身体差，还常常发生意外，三岁的时候，我偷喝汽水，没想到汽水瓶里装的是“番仔油”（夜里点灯用的臭油），喝了一口顿时两眼翻白，口吐白沫，昏死过去。母亲立即抱着我以跑一百公尺的速度到街上去找医生，那天是大年初二，医生全休假去了，母亲急得满眼泪，却毫无办法。

“好不容易在最后一家医生馆找到医生，他打了两个生鸡蛋给你吞下去，又有了呼吸，眼睛也张开了，直到你张开眼睛，我也在医院昏过去了。”母亲一直到现在，每次提到我喝番仔油，还心有余悸，好像捡回一个儿子。听说那一天她为了抱我看医生，跑了将近十公里。

四岁那一年，我从桌子上跳下时跌倒，撞到母亲的缝纫机铁脚，后脑壳整个撞裂了，母亲正在厨房里煮饭。我自己挣扎站起来叫母亲，母亲从厨房跑出来。

“那时，你从头到脚，全身是血，我看到第一眼，浮起心头的一个念头是；

这个囝仔无救了。幸好你爸爸在家，坐他的脚踏车去医院，我抱你坐在后座，一手捏住脖子上的血管，到医院时我也全身是血，立即推进手术房，推出来时你叫了一声妈妈，呀！呀！我的囝仔活了，我的囝仔回来了……我那时才感谢得流下泪来。”母亲说这段时，喜欢把我的头发撩起，看我的耳后，那里有一道二十公分长的疤痕，像蜈蚣盘据着，听说我摔了那一次，聪明了不少。

由于我体弱，母亲只要听到有什么补药或草药吃了可以使孩子的身体好，就会不远千里去求药方，抓药来给我补身体，可能补得太厉害，我六岁的时候竟得了疝气，时常痛得在地上打滚，哭得死去活来。

“那一阵子，只要听说那里有先生、有好药，都要跑去看，足足看了两年，什么医生都看过，什么药都吃了，就是好不了。有一天有一个你爸爸的朋友来，说开刀可以治疝气，虽然我们对西医没信心，还是送去开刀了，开一刀，一个星期就好了。早知道这样，两年前送你去开刀，不必吃那么多苦。”母亲说吃那么多苦，当然是指我而言，因为她们那时代的妈妈，是从来不会想到自己的苦。

过了一年，我的大弟得小儿麻痹，一星期就过世了，这对母亲是个严重的打击，由于我和大弟年龄最近，她差不多把所有的爱都转到我身上，对我的照顾可以说是无微不至，并且在那几年，对我特别溺爱。

例如，那时候家里穷，吃鸡蛋不像现在的小孩可以吃一个，而是一个鸡蛋要切成“四洲”（就是四片）。母亲切白煮鸡蛋有特别方法，她不用刀子，而是用车衣服的白棉线，往往可以切到四片同样大，然后像宝贝一样分给我们，每次吃鸡蛋，她常背地里多给我一片。有时候很不容易吃苹果，一个苹果切十二片，她也会给我两片。如果有斩鸡，她总会留一碗鸡汤给我。

可能是母亲的照顾周到，我的身体竟奇迹似的好起来，变得非常健康，常常两三年都不生病，功课也变得十分好，很少读到第二名，我母亲常说：“你小时候读了第二名，自己就跑到香蕉园躲起来哭，要哭到天黑才回家，真是死脑筋，第二名不是很好了吗？”

但身体好、功课好，母亲并不是就没有烦恼，那时我个性古怪，很少和别的小朋友玩在一起，都是自己一个人玩，有时自己玩一整天，自言自语，即使是玩杀刀，也时常一人扮两角，一正一邪互相对打，而且常不小心让匪徒打败了警察，然后自己蹲在田岸上哭。幸好那时候心理医生没现在发达，否则我一定早被送去了。

“那时庄稼囝仔很少像你这样独来独往的，满脑子不知在想什么，有一次我看你坐在田岸上发呆，我就坐在后面看你，那样看了一下午，后来我忍不住流泪，心想：这个孤怪囝仔，长大以后不知要给我们变出什么出头，就是这个念头也让我伤心不已。后来天黑，你从外面回来，我问你：‘你一个人坐在田岸上想什么？’你说：‘我在等煮饭花开，等到花开我就回来了。’这真奇怪，我养一手孩子，从来没有一个坐着等花开的。”母亲回忆着我童年的一个片段，煮饭花就是紫茉莉，总是在黄昏时盛开，我第一次听到它是黄昏开时不相信，就坐一下午等它开。

不过，母亲的担心没有太久，因为不久有一个江湖术士到我们镇上，母亲先拿大弟的八字给他排，他一排完就说：“这个孩子已经不在世上了，可惜是个大富大贵的命，如果给一个有权势的人做儿子，就不会夭折了。”母亲听了大为佩服，就拿我的八字去算，算命的说：“这孩子小时候有点怪，不过，长大会做官，至少做到省议员。”母亲听了大为安心，当时在乡下做个省议员是很了不起的事，从此她对我的古怪不再介意，遇到有人对她说我个性怪异，她总是说：“小时候怪一点没什么要紧。”

偏偏在这个时候，我恢复正常。小学五六年级我交了好多好多朋友，每天和朋友混在一起，玩一般孩子的游戏，母亲反而担心：“唉呀！这个孩子做官无望了。”

我十五岁就离家到外地读书了，母亲因为会晕车，很少到我住的学校看我，我们见面的机会就少了，她常说：“出去好像丢掉，回来像是捡到。”但每次我回家，她总是唯恐我在外地受苦，拼命给我吃，然后在我的背包塞满东西，我有一次回到学校，打开背包，发现里面有我们家种的香蕉、枣子；一罐奶粉、一包人参、一袋肉松；一包她炒的面茶、一串她绑的粽子，以及一罐她亲手腌渍的凤梨竹笋豆瓣酱……还有一些已经忘了。那时觉得东西多到可以开杂货店。

那时我住在学校，每次回家返回宿舍，和我住一起的同学都说是小过年，因为母亲给我准备的东西，我一个人根本吃不完。一直到现在，我母亲还是这样，我一回家，她就把什么东西都塞进我的包包，就好像台北闹饥荒，什么都买不到一样，有一次我回到台北，发现包包特别重，打开一看，原来母亲在里面放了八罐汽水。我打电话给她，问她放那么多汽水做什么，她说："我要给你们在飞机上喝呀！"

高中毕业后，我离家愈来愈远，每次回家要出来搭车，母亲一定放下手边的工作，陪我去搭车，抢着帮我付车钱，仿佛我还是个三岁的孩子。车子要开的时候，母亲都会倚在车站的栏杆向我挥手，那时我总会看见她眼中有泪光，看了令人心碎。

要写我的母亲是写不完的，我们家五个兄弟姊妹，只有大哥侍奉母亲，其他的都高飞远扬了，但一想到母亲，好像她就站在我们身边。

这一世我觉得没有白来，因为会见了母亲，我如今想起母亲的种种因缘，也想到小时候她说的一个故事：

有两个朋友，一个叫阿呆，一个叫阿土，他们一起去旅行。

有一天来到海边，看到海中有一个岛，他们一起看着那座岛，因疲累而睡着了。夜里阿土作了一个梦，梦见对岸的岛上住了一位大富翁，在富翁的院子里有一株白茶花，白茶花树根下有一坛黄金，然后阿土的梦就醒了。

第二天，阿土把梦告诉阿呆，说完后叹了一口气说："可惜只是个梦！"

阿呆听了信以为真，说："可不可以把你的梦卖给我？"阿土高兴极了，就把梦的权利卖给阿呆。

阿呆买到梦以后，就往那个岛出发，阿土卖了梦就回家了。

到了岛上，阿呆发现果然住了一个大富翁，富翁的院子里果然种了许多茶树，他高兴极了，就留下做富翁的佣人，做了一年，只为了等待院子的茶花开。

第二年春天，茶花开了，可惜，所有的茶花都是红色，没有一株是白茶花。阿呆就在富翁家住了下来，等待一年又一年，许多年过去了，有一年春天，院子终于开出一棵白茶花。阿呆在白茶花树根掘下去，果然掘出一坛黄金，第二天他辞工回到故乡，成为故乡最富有的人。

卖了梦的阿土还是个穷光蛋。

这是一个日本童话，母亲常说："有很多梦是遥不可及的，但只要坚持，就可能实现。"她自己是个保守传统的乡村妇女，和一般乡村妇女没有两样，不过她鼓励我们要有梦想，并且懂得坚持，光是这一点，使我后来成为作家。

作家可能没有作官好，但对母亲是个全新的体验，成为作家的母亲，她在对乡人谈起我时，为我小时候的多灾多难、古灵精怪全找到了答案。

以直观来面对世界

如果，我们没有预设的价值观呢？如果，我们可以随环境调整自己的价值判断呢？

就像一个不知道金钱、物质为何物的赤子，他得到一千元的玩具与十元的玩具，都能感受到一样的幸福。这是他没有预设的价值观，能以直观来面对世界，世界也因此以幸福来面对他。

就像我们收到陌生者送的贵重礼物，给我们的幸福感还不如知心朋友寄来的一张卡片。这是我们随环境来调整自己的判断，能透视物质包装内的心灵世界，幸福也因此来面对我们的心灵。

所以，幸福的开关有两个，一个是直观，一个是心灵的品味。

这两者不是来自远方，而是由生活的体会得到的。

什么是直观呢？

有源律师问大珠慧海禅师："和尚修道，还用功否？"

大珠："用功。"

"如何用功？"

"饿来吃饭，困来眠。"

“一切人总如同师用功否？”

“不同！”

“何故不同？”

“他吃饭时不肯吃饭，百种须索；睡时不肯睡，千般计较，所以不同也。”

好好的吃饭，好好的睡觉就是最大的幸福，最深远的修行，这是多么伟大的直观！在禅师的语录里有许多这样的直观，都是在教导启示我们找到幸福的开关，例如：

百丈怀海说：“如今对五欲八风，情无取舍，垢净俱亡，如日月在空，不缘而照；心如木石，亦如香象截流而过，更无滞碍，此人天堂地狱所不能摄也。”

庞蕴居士说：“神通并妙用，运水与搬柴。”“好雪片片，不落别处。”

沩山灵佑说：“一切时中，视听寻常，更无委曲，亦不闭眼塞耳，但情不附物，即得。……譬如秋水澄渟，清净无为，澹泞无碍，唤他作道人，亦名无事之人。”

黄檗希运说：“凡人多不肯空心，恐落空。不知自心本空，愚人除事不除心，智者除心不除事。”“终日吃饭，未曾咬着一粒米；终日行，未曾踏着一片地。与么时，无人我等相，终日不离一切事，不被诸境惑，方名自在人。”

在禅师的话语中，我们处处都看见了一个人如何透过直观，找到自心的安顿、超越的幸福。若要我说世间的修行人所为何事？我可以如是回答：“是在开发人生最究竟的幸福。”这一点禅宗四祖道信早就说过了，他说：“快乐无忧，故名为佛！”读到这么简单的句子使人心弦震荡，久久还绕梁不止，这不是人间最大的幸福吗？

只是在生命的起落之间，要人永远保有“快乐无忧”的心境是何其不易，那是远远越过了凡尘的青山与溪河的胸怀。因此另一个开关就显得更平易了，就是心灵的品味，仔细地体会生活环节的真义。

在烟中腾云过了，在雨里行走过了，什么都过了，还能如何?

迷路的云

一群云朵自海面那头飞起，缓缓从他头上飘过。他凝神注视，看那些云飞往山的凹口。他感觉着海上风的流向，判断那群云必会穿过凹口，飞向另一海面夕阳悬挂的位置。

于是，像平常一样，他斜躺在维多利亚山的山腰，等待着云的流动；偶尔也侧过头看努力升上山的铁轨缆车，叽叽喳喳向山顶上开去。每次如此坐看缆车他总是感动着，这是一座多么美丽而有声息的山，沿着山势盖满色泽高雅的别墅，站在高处看，整个香港九龙海岸全入眼底，可以看到海浪翻滚而起的浪花，远远的，那浪花有点像记忆里河岸的蒲公英，随风一四散，就找不到踪迹。

记不得什么时候开始爱这样看云，下班以后，他常信步走到维多利亚山车站买了票，孤单地坐在右侧窗口的最后一个位置，随车升高。缆车道上山势多变，不知道下一刻会有什么样的视野。有时视野平朗了，以为下一站可以看得更远，下一站却被一株大树挡住了，有时又遇到一座数十层高的大厦横挡视线，由于那样多变的趣味，他才觉得自己幽邈的存在，并且感到存在的那种腾空的快感。

他很少坐到山顶，因为不习惯在山顶上那座名叫“太平阁”的大楼里吵闹的人声。通常在山腰就下了车，找一处僻静的所在，能抬眼望山、能放眼看海，还能看云看天空，看他居住了二十年的海岛，和小星星一样罗列在港九周边的小岛。

好天气的日子，可以远望到海边豪华的私人游艇靠岸，在港九渡轮的扑扑声中，仿佛能听到游艇上的人声与笑语。在近处，有时候英国富豪在宽大翠绿的庭院里大宴宾客，红粉与鬓影有如一谷蝴蝶在花园中飞舞，黑发的中国仆人端着鸡尾酒，穿黑色西服打黑色蝴蝶领结，忙碌穿梭找人送酒，在满谷有颜色的蝴蝶中，如黑夜的一只蛾，奔波的找着有灯的所在。

如果天阴，风吹得猛，他就抬头专注的看奔跑如海潮的云朵，一任思绪飞奔：云是夕阳与风的翅膀，云是闪着花蜜的白蛱蝶；云是秋天里白茶花的颜色，云是岁月里褪了颜色的衣袖；云是惆怅淡淡的影子，云是愈走愈遥远的橹声；云是……云有时候甚至是天空里写满的朵朵挽歌！

少年时候他就爱看云，那时候他家住在台湾新竹，冬天的风城，风速是很烈的，云比别的地方来得飞快，仿佛是赶着去赴远地的约会。放学的时候，他常捧着书坐在碧色的校园，看云看得痴了。那时他随父亲经过一长串逃难的岁月，惊魂甫定，连看云都会忧心起来，觉得年幼的自己是一朵平和的白云，由于强风的吹袭，竟自与别的云推挤求生，匆匆忙忙地跑着路，却又不知为何要那样奔跑。

更小的时候，他的家乡在杭州，但杭州几乎没有给他留下什么印象，只记得离开的前一天，母亲忙着为父亲缝着衣服的暗袋，以便装进一些金银细软，他坐在旁边，看母亲缝衣；本就沉默的母亲不知为何落了泪，他觉得无聊，就独自跑到院子，呆呆看天空的云，记得那一日的云是黄黄的琥珀色，有些老，也有点冰凉。

是因为云的印象吧！他读完大学便急急想出国，他是家族留下的唯一男子，父亲本来不同意他的远行，后来也同意了，那时留学好像是青年的必经之路。

出国前夕，父亲在灯下对他说：“你出国也好，可以顺便打听你母亲的消息。”然后父子俩红着眼互相对望，一句话也说不出口。

他看到父亲高大微偻的背影转出房门，自己支着双颊，感觉到泪珠滚烫迸出，流到下巴的时候却是凉了，冷冷的落在玻璃桌板上，四散流开。那一刻他才体会到父亲同意他出国的心情，原来还是惦记着留在杭州的母亲。父亲已不止一次忧伤的对他重复，离乡时曾向母亲允诺：“我把那边安顿了就来接你。”他仿佛可以看见青年的父亲从船舱中，含泪注视着家乡在窗口里愈小愈远，他想，倚在窗口看浪的父亲，目光定是一朵一朵撞碎的浪花。那离开母亲的心情应是出国前夕与他面对时相同的情绪吧！

初到美国那几年，他确实想尽办法打听了母亲的消息，但印象并不明晰的故乡如同迷濛的大海，完全得不到一点回音。他的学校在美国北部，每年冬季冰雪封冻，由于等待母亲的音讯，他觉得天气格外冷冽。他拿到学位那年夏天，在毕业典礼上看到各地赶来的同学家长，突然想起在新竹的父亲和在杭州的母亲，在晴碧的天空下，同学为他拍照时，险险冷得落下泪来，不知道为什么就绝望了与母亲重逢的念头。

也就在那一年，父亲遽然去世，他千里奔丧竟未能见到父亲的最后一面，只从父亲的遗物里找到一帧母亲年轻时代的相片。那时的母亲长相秀美，挽梳着乌云光泽的发髻，穿一袭几乎及地的旗袍，有一种旧中国的美。他原想把那帧照片放进父亲的坟里，最后还是将它收进自己的行囊，作为对母亲的一种纪念。

他寻找母亲的念头，因那帧相片又复活了。

美国经济不景气的那几年，他像一朵流浪的云一再被风追赶着转换工作，并且经过了一次失败而苍凉的婚姻，母亲的黑白旧照便成为他生命里唯一的慰藉。他的美国妻子离开他时说的话：“你从小没有母亲，根本不知道怎么和女人相处；你们这一代的中国人，一直过着荒谬的生活，根本不知道怎么去过一个人最基本的生活。”常随着母亲的照片在黑夜的孤单里鞭笞着他。

他决定来香港，实在是一个偶然的选择，公司在香港正好有缺，加上他对寻找母亲还有着梦一样的向往，最重要的原因是：如果他也算是有故乡的人，在香港，两个故乡离他都很近了。

文革以后，透过朋友寻找，联络到他老家的亲戚，才知道母亲早在五年前就去世了。朋友带出来的母亲遗物里，有一帧他从未见过的，父亲青年时代着黑色西装的照片。考究的西装、自信的笑容，与他后来记忆中的父亲有着相当遥远的距离，那帧父亲的照影，和他像一个人的两个影子，是那般相似，父亲曾经有过那样飞扬的姿容，是他从未料到的。

他看着父亲青年时代有神采的照片，有如隔着迷濛的毛玻璃，看着自己被翻版的脸，他不仅影印了父亲的形貌，也继承了父亲一生在岁月之舟里流浪的悲哀。那种悲哀，拍照时犹青年的父亲是料不到的，也是他在中年以前还不能感受到的。

他决定到母亲的坟前祭拜。

火车愈近杭州，他愈是有一种逃开的冲动，因为他不知道在母亲的坟前，自己是不是承受得住。看着窗外飞去的景物，是那样的陌生，灰色的人群也是影子一样，看不真切。下了杭州车站，月台上因随地吐痰而凝结成的斑痕，使他几乎找不到落脚的地方。这就是日夜梦着的自己的故乡吗？他靠在月台的柱子上冷得发抖，而那时正是杭州燠热的夏天正午。

他终于没有找到母亲的坟墓，因为文革时大多数人都是草草落葬，连个墓碑都没有，他只有跪在最可能埋葬母亲的坟地附近，再也按捺不住，仰天哭号起来，深深地感觉到做为人的无所归依的寂寞与凄凉，想到妻子丢下他时所说的话，这一代的中国人，不但没有机会过一个人最基本的生活，甚至连墓碑上的一个名字都找不到。

他没有立即离开故乡，甚至还依照旅游指南，去了西湖、去了岳王庙、去了灵隐寺、六和塔和雁荡山。那些在他记忆里不曾存在的地方，他却肯定在他最年小的最初，父母亲曾牵手带他走过。

印象最深的是他到飞来峰看石刻，有一尊肥胖的笑得十分开心的弥勒佛，是刻于后周广顺年间的佛像，斜躺在巨大的石壁里，挺着肚皮笑了一千多年。那里有一副对联“泉自冷时冷起，峰从飞处飞来”，传说“飞来峰”原是天竺灵鹫山的小岭，不知何时从印度飞来杭州。他面对笑着的弥勒佛，痛苦地想起了父母亲的后半生。一座山峰都可以飞来飞去，人间的飘泊就格外的渺小起来。在那尊佛像前，他独自坐了一个下午，直到看不见天上的白云，斜阳在峰背隐去，才起身下山，在山阶间重重地跌了一跤，那一跤这些年都在他的腰间隐隐作痛，每想到一家人的离散沉埋，腰痛就从那跌落的一处迅速窜满他的全身。

香港平和的生活并没有使他的伤痕在时间里平息，他有时含泪听九龙开往广州最后一班火车的声音，有时鼻酸地想起他成长起来的新竹，两个故乡，使他知道香港是个无根之地，和他的身世一样找不到落脚的地方。他每天在地下电车里看着拥挤着涌向出口奔走的行人，好像自己就埋在五百万的人潮中，流着流着流着，不知道要流往何处——那个感觉还是看云，天空是潭，云是无向的舟，应风而动，有的朝左流动，有的向右奔跑，有的则在原来的地方画着圆弧。

即使坐在港九渡轮，他也习惯站在船头，吹着海面上的冷风，因为那平稳的渡轮上如果不保持清醒，也成为一座不能确定的浮舟，明明港九是这么近的距离，但父亲携他离乡时不也是坐着轮船的吗？港九的人已习惯了从这个渡口到那个渡口，但他经过乱离，总隐隐有一种恐惧，怕那渡轮突然在一个不知名的地方靠岸。

“香港仔”也是他爱去的地方，那里疲惫生活着的人使他感受到无比的真实，一长列重叠靠岸的白帆船，也总不知要航往何处。有一回，他坐着海洋公园的空中缆车，俯望海面远处的白帆船，白帆张扬如翅，竟使他有一种悲哀的幻觉，港九正像一艘靠在岸上，可以乘坐五百万人的帆船，随时要启航，而航向未定。

海洋公园里有几只表演的海豚是台湾澎湖来的，每次他坐在高高的看台欣赏海豚表演，就回到他年轻时代在澎湖服役的情形。他驻防的海边，时常有大量的海豚游过，一直是渔民财富的来源，他第一次从营房休假外出到海边散步，就遇到海岸上一长列横躺的海豚，那时潮水刚退，海豚尚未死亡，背后脖颈上的气孔一张一闭，吞吐着生命最后的泡沫。他感到海豚无比的美丽，它们有着光滑晶莹的皮肤，背部是蔚蓝色，像无风时的海洋；腹部几近纯白，如同海上溅起的浪花；有的怀了孕的海豚，腹部是晚霞一般含着粉红琥珀的颜色。

渔民告诉他，海豚是胆小聪明善良的动物，渔民用锣鼓在海上围打，追赶它们进入预置好的海湾，等到潮水退出海湾，它们便曝晒在滩上，等待着死亡。有那运气好的海豚，被外国海洋公园挑选去训练表演，大部分的海豚则在海边喘气，然后被宰割，贱价卖去市场。

他听完渔民的话，看着海边一百多条美丽的海豚，默默做着生命最后的呼吸，他忍不住蹲在海滩上将脸埋进双手，感觉到自己的泪，濡湿了绿色的军服，也落到海豚等待死亡的岸上。不只为海豚而哭，想到他正是海豚晚霞一般腹里的生命，一生出来就已经注定了开始的命运。

这些年来，父母相继过世，妻子离他远去，他不只一次想到死亡，最后救他的不是别的，正是他当军官时蹲在海边看海豚的那一幕，让他觉得活着虽然艰难，到底是可珍惜的。他逐渐体会到母亲目送他们离乡前夕的心情，在中国人的心灵深处，别离的活着甚至还胜过团聚的等待死亡的噩运。那些聪明有着思想的海豚何尝不是这样，希望自己的后代回到广阔的海洋呢?

他坐在海洋公园的看台上，每回都想起在海岸喘气的海豚，几乎看不见表演，几次都是海豚高高跃起时，被众人的掌声惊醒，身上全是冷汗。看台上笑着的香港人所看的是那些外国公园挑剩的海豚，那些空运走了的，则好像在小小的海水表演池里接受着求生的训练，逐渐忘记那些在海岸喘息的同类，也逐渐失去它们曾经拥有的广大的海洋。

澎湖的云是他见过最美的云，在高高的晴空上，云不像别的地方松散飘浮，每一朵都紧紧凝结如一个握紧的拳头，而且它们几近纯白，没有一丝杂质。

香港的云也是美的，但美在松散零乱，没有一个重心，它们像海洋公园的海豚，因长期豢养而肥胖了。也许是海风的关系，香港云朵飞行的方向也不确定，常常右边的云横着来，而左边的云却直着走了。

毕竟他还是躺在维多利亚山看云，刚才他所注视的那一群云朵，正在通过山的凹处，一朵一朵有秩序的飞进去，不知道为什么跟在最后的一朵竟离开云群有些远了，等到所有的云都通过山凹，那一朵却完全偏开了航向，往叉路绕着山头，也许是黄昏海面起风的关系吧！那云愈离愈远向不知名的所在奔去。

这是他看云极少有的现象，那最后的一朵云为何独独不肯顺着前云飞行的方向，它是在抗争什么的吧！或者它根本就仅仅是迷路的一朵云！顺风的云像是写好的一首流浪的歌曲，而迷路的那朵就像滑得太高或落得太低的一个音符，把整首稳定优美的旋律，带进一种深深孤独的错误里。

夜色逐渐涌起，如茧一般的包围着那朵云，慢慢的，慢慢的，将云的白吞噬了，直到完全看不见了。他忧郁地觉得自己正是那朵云，因为迷路，连最后的抗争都被淹没。

坐铁轨缆车下山时，港九遥远辉煌的灯火已经亮起在向他招手，由于车速，冷风从窗外掼着他的脸，他一抬头，看见一轮苍白的月亮，剪贴在墨黑的天空，在风里是那样的不真实，回过头，在最后一排靠右的车窗玻璃，他看见自己冰凉的流泪的侧影。

第三辑

温一壶月光下酒

有时候抽象的事物也可以让我们感知，
有时候实体的事物也能转眼化为无形，
岁月当是明证，我们活的时候真正感觉到自己是存在的，
岁月的脚步一走过，转眼便如云烟无形。
但是，这些消逝于无形的往事，
却可以拿来下酒，酒后便会浮现出来。

温一壶月光下酒

逃情

幼年时在老家西厢房，姊姊为我讲东坡词，有一回讲到《定风波》中“一蓑烟雨任平生”这个句子时让我吃了一惊，仿佛见到一个竹杖芒鞋的老人在江湖道上踽踽独行，身前身后都是烟雨弥漫，一条长路连到远天去。

“他为什么？”我问。

“他什么都不要了。”姊姊说，“所以到后来有‘回首向来萧瑟处，归去，也无风雨也无晴’之句。”

“这样未免太寂寞了，他应该带一壶酒、一份爱、一腔热血。”

“在烟中腾云过了，在雨里行走过了，什么都过了，还能如何？所谓‘来往烟波非定居，生涯蓑笠外无余’，生命的事一经过了，再热烈也是平常。”

年纪稍长，才知道“竹杖芒鞋轻胜马，谁怕？一蓑烟雨任平生”的境界并不容易达致，因为生命中真是有不少不可逃不可抛的东西，名利倒还在其次；至少像一壶酒、一份爱、一腔热血都是不易逃的，尤其是情爱。

记得日本小说家、武者小路实笃曾写过一个故事，传说有一个久米仙人，在尘世里颇为情苦，为了逃情，入山苦修成道，一天腾云游经某地，看见一个浣纱女足胫甚白，久米仙人为之目眩神驰，凡念顿生，飘忽之间，已经自云头跌下。可见逃情并不是苦修就可以得到。

我觉得“逃情”必须是一时兴到，妙手偶得，如写诗一样，也和酒趣一样，狂吟浪醉之际，诗涌如浆，此时大可以用烈酒热冷梦，一时彻悟。倘若苦苦修炼，可能达到“好梦才成又断，春寒似有还无”的境界，离逃情尚远，因此一见到“乱头粗服，不掩国色”的浣纱女就坠落云头了。

前年冬天，我遭到情感的大创巨痛，曾避居花莲逃情，繁星冷月之际与和尚们谈起尘世的情爱之苦，谈到凄凉处连和尚都泪不能禁。如果有人问我：“世间情是何物？”我会答曰：“不可逃之物。”连冰冷的石头相碰都会撞出火来，每个石头中事实上都有火种，可见再冰冷的事物也有感性的质地，情何以逃呢？

情仿佛是一个大盆，再善游的鱼也不能游出盆中，人纵使能相忘于江湖，情是比江湖更大的。

我想，逃情最有效的方法可能是更勇敢地去爱，因为情可以病，也可以治病；假如看遍了天下足胫，浣纱女再国色天香也无可如何了。情者是堂堂巍巍，壁立千仞，从低处看是仰不见顶，自高处观是俯不见底，令人不寒而栗，但是如果在千仞上多走几遭，就没有那么可怖了。

理学家程明道曾与弟弟程伊川共同赴友人宴席，席间友人召妓共饮，伊川正襟危坐，目不斜视，明道则毫不在乎，照吃照饮。宴后，伊川责明道不恭谨，明道先生答曰：“目中有妓，心中无妓！”这是何等洒脱的胸襟，正是“云月相同，溪山各异”，是凡人所不能致的境界。

说到逃情，不只是逃人世的情爱，有时候心中有挂也是情牵。有一回，暖香吹月时节与友在碧潭共醉，醉后扶上木兰舟，欲纵舟大饮，朋友说：“也要楚天阔，也要大江流，也要望不见前后，才能对月再下酒。”死拒不饮，这就是心中有挂，即使挂的是楚天大江，终不能无虑，不能万情皆忘。

以前读《词苑丛谈》，其中有一段故事：

后周末，汴京有一石氏开茶坊，有一个乞丐来索饮，石氏的幼女敬而与之，如是者达一个月，有一天被父亲发现了打她一顿，她非但不退缩，反而供奉益谨。乞丐对女孩说："你愿喝我的残茶吗？"女嫌之，乞丐把茶倒一部分在地上，满室生异香，女孩于是喝掉剩下的残茶，一喝便觉神清体健。

乞丐对女孩说："我就是吕仙，你虽然没有缘份喝尽我的残茶，但我还是让你求一个愿望。"女只求长寿，吕仙留下几句话："子午当餐日月精，元关门户启还扃，长似此，过平生，且把阴阳仔细烹。"遂飘然而去。

这个故事让我体察到万情皆忘，"且把阴阳仔细烹"实在是神仙的境界，石姓少女已是人间罕有，还是忘不了长寿，忘不了嫌恶，最后仍然落空，可见情不但不可逃，也不可求。

年岁越长，越觉得苏东坡"一蓑烟雨任平生""也无风雨也无晴"词意之不可得，想东坡也有"春色三分，二分尘土，一分流水。细看不是杨花，点点是离人泪"的情思；有"但愿人长久，千里共婵娟"的情愿；有"念故人老大，风流未减，空回首，烟波里"的情怨；也有"若待得君来向此，花前对酒不忍触。共粉泪，两簌簌"的情冷，可见"一蓑烟雨任平生"只是他的向往。

情何以可逃呢？

煮雪

传说在北极的人因为天寒地冻，一开口说话就结成冰雪，对方听不见，只好回家慢慢地烤来听……

这是个极度浪漫的传说，想是多情的南方人编出来的。

可是，我们假设说话结冰是真有其事，也是颇有困难，试想：回家烤雪煮雪的时候要用什么火呢？因为人的言谈是有情绪的，煮得太慢或太快都不足以表达说话时的情绪。

如果我生在北极，可能要为煮的问题烦恼半天，与性急的人交谈，回家要用大火煮烤；与性温的人交谈，回家要用文火。倘若与人吵架呢？回家一定要生个烈火，才能声闻当时哔哔剥剥的火爆声。

遇到谈情说爱的时候，回家就要仔细酿造当时的气氛，先用情诗情词裁冰，把它切成细细的碎片，加上一点酒来煮，那么，煮出来的话便能使人微醉。倘若情浓，则不可以用炉火，要用烛火再加一杯咖啡，才不会醉得太厉害，还能维持一丝清醒。

遇到不喜欢的人不喜欢的话就好办了，把结成的冰随意弃置就可以了。爱听的话则可以煮一半，留一半他日细细品尝，住在北极的人真是太幸福了。

但是幸福也不常驻，有时候天气太冷，火生不起来，是让人着急的，只好拿着冰雪用手慢慢让它熔化，边熔边听。遇到性急的人恐怕要用雪往墙上摔，摔得力小时听不见，摔得用力则声震屋瓦，造成噪音。

我向往北极说话的浪漫世界，那是个宁静祥和又能自己制造生活的世界，在我们这个到处都是噪音的时代里，有时候我会希望大家说出来的话都结成冰雪，回家如何处理是自家的事，谁也管不着。尤其是人多要开些无聊的会议时，可以把那块噪杂的大雪球扔在家前的阴沟里，让它永远见不到天日。

斯时斯地，煮雪恐怕要变成一种学问，生命经验丰富的人可以依据雪的大小、成色，专门帮人煮雪为生；因为要煮得恰到好处和说话时恰如其分一样，确实不易。年轻的恋人则可以去借别人的“情雪”，借别人的雪来浇自己心中的块垒。

如果失恋，等不到冰雪尽融的时候，就放一把大火把雪屋都烧了，烧成另一个春天。

温一壶月光下酒

煮雪如果真有其事，别的东西也可以留下，我们可以用一个空瓶把今夜的桂花香装起来，等桂花谢了，秋天过去，再打开瓶盖，细细品尝。

把初恋的温馨用一个精致的琉璃盒子盛装，等到青春过尽垂垂老矣的时候，掀开盒盖，扑面一股热流，足以使我们老怀堪慰。

这其中还有许多意想不到的情趣，譬如将月光装在酒壶里，用文火一起温来喝……此中有真意，乃是酒仙的境界。

有一次与朋友住在狮头山，每天黄昏时候在刻着“即心是佛”的大石头下开怀痛饮，常喝到月色满布才回到庙里睡觉，过着神仙一样的生活。最后一天我们都喝得有点醉了，携着酒壶下山，走到山下时顿觉胸中都是山香云气，酒气不知道跑到何方，才知道喝酒原有这样的境界。

有时候抽象的事物也可以让我们感知，有时候实体的事物也能转眼化为无形，岁月当是明证，我们活的时候真正感觉到自己是存在的，岁月的脚步一走过，转眼便如云烟无形。但是，这些消逝于无形的往事，却可以拿来下酒，酒后便会浮现出来。

喝酒是有哲学的，准备许多下酒菜，喝得杯盘狼藉是下乘的喝法；几粒花生米一盘豆腐干，和三五好友天南地北是中乘的喝法；一个人独斟自酌，举杯邀明月，对影成三人，是上乘的喝法。

关于上乘的喝法，春天的时候可以面对满园怒放的杜鹃细饮五加皮；夏天的时候，在满树狂花中痛饮啤酒；秋日薄暮，用菊花煮竹叶青，人共海棠俱醉；冬寒时节则面对篱笆间的忍冬花，用腊梅温一壶大曲。这种种，就到了无物不可下酒的境界。

当然，诗词也可以下酒。

俞文豹在《历代诗余引吹剑录》谈到一个故事，提到苏东坡有一次在玉堂日，有一幕士善歌，东坡因问曰："我词何如柳七（即柳永）？"幕士对曰："柳郎中词，只合十七八女郎，执红牙板，歌'杨柳岸，晓风残月'。学士词，须关西大汉、铜琵琶、铁棹板，唱'大江东去'。"东坡为之绝倒。

这个故事也能引用到饮酒上来，喝淡酒的时候，宜读李清照；喝甜酒时，宜读柳永；喝烈酒则大歌东坡词。其他如辛弃疾，应饮高粱小口；读放翁，应大口喝大曲；读李后主，要用马祖老酒煮姜汁到出怨苦味时最好；至于陶渊明、李太白则浓淡皆宜，狂饮细品皆可。

喝纯酒自然有真味，但酒中别掺物事也自有情趣。范成大在《骖鸾录》里提到："番禺人作心字香，用素茉莉未开者，着净器，薄劈沉香，层层相间封，日一易，不持花蔫，花过香成。"

我想，应做茉莉心香的法门也是掺酒的法门，有时不必直掺，斯能有纯酒的真味，也有纯酒所无的馀香。我有一位朋友善做葡萄酒，酿酒时以秋天桂花围塞，酒成之际，桂香袅袅，直似天品。

我们读唐宋诗词，乃知饮酒不是容易的事，遥想李白当年斗酒诗百篇，气势如奔雷，作诗则如长鲸吸百川，可以知道这年头饮酒的人实在没有气魄。现代人饮酒讲格调，不讲诗酒，袁枚在《随园诗话》里提过杨诚斋的话："从来天份低拙之人，好谈格调，而不解风趣，何也？格调是空架子，有腔口易描，风趣专写性灵，非天才不辨。"

在秦楼酒馆饮酒作乐，这是格调，能把去年的月光温到今年才下酒，这是风趣，也是性灵，其中是有几分天份的。

《维摩经》里有一段天女散花的记载，正在菩萨为弟子讲经的时候，天女出现了，在菩萨与弟子之间遍洒鲜花，散布在菩萨身上的花全落在地上，散布在弟子身上的花却像粘黐那样黏在他们身上，弟子们不好意思，用神力想使它掉落也不掉落。仙女说：

“观诸菩萨花不着者，已断一切分别想故。譬如，人畏时，非人得其便。如是弟子畏生死故，色、声、香、味，触得其便也。已离畏者，一切五欲皆无能为也。结习未尽，花着身耳。结习尽者，花不着也。”

这也是非关格调，而是性灵。佛家虽然讲究酒、色、财、气四大皆空，我却觉得，喝酒到极处几可达佛家境界，试问，若能忍把浮名，换作浅酌低唱，即使天女来散花也不能着身，荣辱皆忘，前尘往事化成一缕轻烟，尽成因果，不正是佛家所谓苦修深修的境界吗?

真诚对待人间的一切情爱吧！尽我的所能不去伤害对方，不伤害自己！

不要指着月亮发誓

“我指着那把树梢涂了银色的圣洁的月亮发誓——”

“啊！不要！不要指着月亮发誓，月亮变化无常，每月有圆有缺，你的爱也会发生变化。”

“那我指着什么发誓呢？”

“根本不要发誓，如果你一定要发誓，就指着你那惹人心动的自身起誓好了，那是我崇拜的偶像，我会相信你的。”

这是莎士比亚戏剧里，罗密欧与朱丽叶的一段对白，当罗密欧对着月亮起誓的时候，被朱丽叶制止了，因为在她的眼中月有阴晴圆缺，一点也不可靠，反而“自身”比月亮还要可信任。后来罗密欧说：“你还没有说出你的爱情的忠诚誓约和我交换呢！”

“在你还没有要求的时候，我已经把我的誓言给你了。”朱丽叶动人地说：“但是我想要的只是现在我所有的这点爱情。”

朱丽叶回家时，罗密欧看着她美丽的背影，说：“我生怕这一切都是梦，太快活如意，怕不是真的。”

梁实秋先生过世了，我找出他翻译的《莎士比亚全集》重读，随意翻到《罗密欧与朱丽叶》，看到这一段颇有感触，尤其人到中年更感觉到“一切都是梦”了。

我从前读过几次这本书，并不是特别喜欢，正如剧中的劳伦斯修道士说的：“最甜的蜜固然本身是味美的，可是不免有一点腻，吃起来要倒胃口。”罗密欧与朱丽叶的爱就像这样，太甜腻了。我的情感观念比较接近劳伦斯说的：“所以要温和的爱，这样方得久远；太快和太慢，其结果是一样迟缓。”

每个人在年轻时候，多少有一点罗密欧与朱丽叶的激情，在梦与醒的边缘、在爱与恨的分际挣扎。爱的时候，不要说对自己、对月亮起誓了，甚至对着皇天后土、宇宙洪荒起誓，恨不能把自己切成一片片放在爱人面前来表明心迹；可是激烈的情爱也导致深刻的仇恨，很少人能在爱人离开时抱着宽容与感激的心情，大多数人都恨不得把负心的人切成一片片来祭祀自己情感的伤痕。

这使我们明白：爱与恨是同一本质的事物，人人都说罗密欧与朱丽叶是个悲剧，但他们到死的那一刻都还坚心相爱，因此他们不是最惨痛的悲剧，从激情的爱转成激烈的恨的情侣才是最惨痛悲苦的。在“风涛泪浪、交互激荡”的失恋的人，想到从前指着月亮发誓的场面，每一次想到所受的折磨都仿佛是死过一回，从这个观点来看，罗密欧与朱丽叶算什么悲剧呢？简直是值得羡慕的团圆了。

在莎士比亚的眼中，爱与恨有一条直通的捷径，也可以说是相似的事物，他透过剧中的劳伦斯修道士说：

> 啊！草、木、矿石，如果使用得当，
> 都含有很多的伟大的力量：
> 世上没有东西是如此的卑贱，
> 以致对于世界毫无贡献，
> 同时物无全美，如果使用不善，
> 也会失去本性，惹出祸端；

误用起来，善会变成为恶，
好好利用，有时恶亦有好结果。
这朵小花的嫩苞含有毒性，
也能用以治疗某种疾病：
这花只要一嗅，香气贯通全身；
口尝一下便能麻痹一个人的心。
人与药草原是一样，
内中有善有恶，互争雄长，
恶的一面如果占了上风，
死亡很快的要把那植物蛀空。

同时，在《罗密欧与朱丽叶》中也说明了爱与恨都不是永恒的事物，它终有结束之日。爱虽使人说出：“你的眼睛比他们二十把剑还要厉害，你只要对我温柔，我不怕他们的敌意”；也让人感受到：“一个情人可以跨上夏日空中荡飘的游丝而不会栽下来”；可是，莎士比亚也说：“爱神的样子很温柔，行起事来却如此的粗暴”。“爱情是叹息引起的烟雾，散消之后便有火光在情人眼里暴露；一旦受阻，便是情人眼泪流成的海。”

看清爱与恨在人生中的实相，对我们坚定的步伐是有帮助的，被恨淹没的人是多么愚痴，但被爱所蒙蔽的人不也是一样无知的吗？如果我们能以清明的心来对待爱，并且以更超越的爱来宽恕失落的情意，才能让我们登高，看到人生中更高明的境界。

不要指着月亮发誓，因为月有阴晴圆缺；如果要发誓，请对着自己发誓——让我们真诚对待人间的一切情爱吧！尽我的所能不去伤害对方，不伤害自己！让爱或恨都能升华，化成我生命中坚强的力量。

清风匝地，有声

在日本神户港，我们把汽车开进“英鹤丸”渡轮的舱底，然后登上最顶层的甲板看濑户内海。

这一次，我从神户坐渡轮要到四国，因为听说四国有优美而绵长的海岸线，还有几处国家公园。四国，是日本四大岛中最小的一岛，并且偏处南方，所以是外籍观光客较少去的地方，尤其是九月以后，天气寒凉，枫叶未红，游人就更少了。

从前，要到四国一定要乘渡轮，自从几条横跨濑户内海的长桥建成后，坐渡轮的人就少了。有很多人到四国去不是去看海、看风景的，只是为了去过桥，像“鸣门大桥”是颇有历史的，而新近落成的“濑户大桥”则是宏伟气派，长达十公里，听说所用的钢筋围起来可以绕地球一圈半，许多人四国来回，只为了看濑户大桥粗大的水泥与钢筋。对我而言，要过海，坐渡轮总是更有情味，人生里如果可以选择从容的心情，为什么不让自己从容一些呢?

“英鹤丸”里出乎想象的冷清，零落的游客横躺在长椅上睡觉，我在贩卖部买了一杯热咖啡，一边喝咖啡，一边依在白色栏杆上看濑户内海，濑户内海果然与预想中的一样美，海水澄蓝如碧，天空秋高无云，围绕着内海的青山，全是透明的绿，这海山与天空的一尘无染，就好像日本传统的茶室，从瓶花到桌椅摸不出一丝尘埃。

在我眼前的就是濑户内海了，我轻轻地叹息着。

我这一次到日本来，希望好好看看濑户内海是重要的行程，原因说来可笑，是因为在日本的书籍里读到了一则中国禅师与日本禅师的故事。

故事大意是这样的：有一位中国禅师到日本拜访了一位日本禅师，两人一起乘船过濑户内海，那位日本禅师是曾到过中国学禅，亲炙过中国山水的。

在船上，日本禅师说："你看，这日本的海水是多么清澈，山景是多么翠绿呀！看到如此清明的山水，使人想起山里长在清水里那美丽的山葵花呀！"言下为日本的山水感到自负的意味。

中国禅师笑了，说："日本海的水果然清澈，山景也美。可惜，这水如果再混浊一点就更好了。"

日本禅师听了非常惊异，说："为什么呢？"

"水如果混浊一点，山就显得更美了。像这么清澈的水只能长出山葵花，如果混浊一点，就能长出最美丽的白莲花了。"中国禅师平静地说。

日本禅师为之哑口无言。

这是禅师与禅师间机锋的对句，显然是中国禅师占了上风，但我在日本书上看到这则故事，却令我沉思了很久，颇能看见日本人谦抑的态度，也恐怕是这种态度，才使千百年来，濑户内海都能保持干净，不曾受到污染。反过来说，中国人因为自许污水里能开出莲花，所以恣情纵意，把水弄脏了，也毫不在意。

不仅濑户内海吧！我童年时代，家乡有几家茶室，都是色情污秽之地，空间窄小，灯光黯淡，空气里飘浮着酸气、腐臭与霉味，地上都是痰渍。因为我有一位要好的同学是茶室老板的儿子，不免常常要出入，每次我都捂着鼻子走进去，走出来时第一件事则是深呼吸，当时颇为成年男子可以在那么浊劣的地方盘桓终日而疑惑不已，当然也更同情那些卖笑的"茶店仔查某"了。

放茶具的手，要有和爱人分离的心情。

有一次，同学的父亲告诉我，茶室原是由日本传来，从前台湾是没有茶室的。我听了就把乡下茶室的印象当成是日本人印象，心想日本民族真怪，怎么喜欢在下流的茶室不喝茶，却饮酒作乐呢？直到第一次去日本，又到几家传统茶室喝茶，简直把我吓坏了，因为日本茶室都是窗明几净、风格明亮，连园子里的花草都长在它应该长的地方，别说是色情了，人走进那么干净的茶室，几乎一丝不净的念头都不会生起，口里更不敢说一句粗俗的话，惟恐染污了茶盘。怪不得日本茶道史上，所有伟大的茶师都是禅师！

同样是“茶室”，在日本与台湾却有截然不同的风貌，对照了日本禅师与中国禅师的故事就益发令人感慨，由小见大，山水其实就是人心，要了解一个地方人的性格，只要看那地方的山水也就了然。山且不论，看看台湾的水，从小溪、大河，到湖泊、沿海，无不是鱼虾死灭、垃圾漂流、污油朵朵、浮尸片片，我每次走过我们土地上的水域，就在里面看到了人心的污渍，在这样脏的水中想开出一朵白莲花，简直不可思议，需要多么大的勇气！多么大的坚持！与多么大的自我清净的力量！

我坐在濑户内海上的渡轮，看到船后一长条纯白的波浪时，就仿佛回到了中国禅师与日本禅师在船上对话的场景与心情，在污泥秽地中坚持自我品质的高洁是禅者的风格，可是要怎么样使污秽转成清明则是菩萨的胸怀，要拯救台湾的山水，一定要先从台湾的人心救起，要知道，长出莲花的地虽然污秽，水却是很干净的。

记得从前我当记者的时候，曾为了一个噪音与污染事件去访问一家工厂的负责人，他的工厂被民众包围，压迫停工，他却因坚持而与民众对峙。他闭起眼睛，十分陶醉地对我说：“你听听，这工厂机器的转动声，我听起来就像音乐那么美妙，为什么他们不能忍受呢？”我听到他的话忍不住笑起来，他用一种很怀疑的眼神看我，眼神里好像在说：“连你也不能欣赏这种音乐吗？”那个眼神到现在我还记得。

确实如此，在守财奴的眼中，钞票乃是人间最美丽的绘画呢！

听过了肆无忌惮的商人的音乐，我们再回到日本的茶室，日本茶道的鼻祖绍鸥曾经说过一句动人的话：“放茶具的手，要有和爱人分离的心情。”这种心情在茶道里叫做“残心”，就是在行为上绵绵密密，即使简单如放茶具的动作，也要轻巧、有深沉的心思与情感，才算是个懂茶的人。

反过来说，一个人和爱人分离的心情，若能有如放下名贵茶具的手那么细心，把诀别的痛苦化为祝福的愿望，心中没有丝毫憎恨，留存的只有珍惜与关怀，才是懂得爱情的人。此所以茶道不昧流的鼻祖出云松江说：“红叶落下时，会浮在水面；那不落的，反而沉入江底。”

境界高的茶师，并不在于他能品味好茶，而在他对待喝茶这整个动作的态度，即使喝的只是普通粗茶，他也能找到其中的情趣。

境界高的人生亦如是，并不在于永远有顺境，而是不论顺逆，也能用很好的情味去面对，这就是禅师说的“在途中也不离家舍”、“不风流处也风流”。因此，我们要评断一个人格调与韵致的高低，要看他失败时的“残心”。有两句禅诗：“掬水月在手，弄花香满衣”最能表达这种残心，每一片有水的叶子都有月亮的映照，同样，人生的每个行为、每个动作都是人格的展现。没有经过残心的升华，一个人就无法有温柔的心，当然，也难以体会和爱人分离的心情是多么澄清、细密、优美一如秋深落叶的空山了。

从前有一个和尚到农家去诵经，诵经的中途听到了小孩的哭声，转头一看，原来孩子爬在地上压到了一把饭铲子，地上很肮脏，孩子的母亲就把他抱起来，顺手把饭铲子放进热腾腾的饭上，洗也不洗。

于是，当孩子的母亲来请吃饭时，和尚假称肚子痛，连饭也没吃，就匆匆赶回寺里。过了一星期，和尚又去这农家诵经，诵完经，那母亲端出了一碗热腾腾的甜酒酿，由于天气严寒，和尚一连喝了好几碗，不仅觉得味美，心情也十分高兴。

等吃完了甜酒酿，孩子的母亲出来说：“上一次真不好意思，您连饭都没吃就回去了，剩下很多饭，只好用剩饭做成一些甜酒酿，今天看您吃了很多，我实在感到无比的安慰。”

和尚听了大有感触，为逃避肮脏的饭铲子，没想到反而吃了七天前的剩饭做成的甜酒酿，因而悟到了“一饮一啄，莫非前定”。我们面对人生里应该承受的事物不也是如此吗？在饭铲中泡过的脏饭与甜酒，表面不同，本质却是一样。所以，欢喜的心最重要，有欢喜心，则春天时能享受花红草绿，冬天时能欣赏冰雪风霜，晴天时爱晴，雨天时爱雨。

好像一条清澈的溪流，流过了草木清华，也流过石畔落叶，它欢跃如瀑布时，不会被拘束，它平缓如湖泊时，也不会被局限，这就是金刚经里最动人心弦的一句“应无所住而生其心”。

我眼前的濑户内海也是如此，我体验了它明朗的山水，知道濑户内海不只是日本人的海，而是眼前的海，是大地之海，超越了名字与国籍。海上吹来的风，呼呼有声，在台湾林野里的清风亦如是，遍满大地，有南国的温暖及北地的凉意，匝地，有声。

晋朝有名的女僧妙音法师，写过一首诗：

长风拂秋月，
止水共高洁；
八到净如如，
何容业萦结？

“八到”是指风从东、南、西、北、东南、东北、西南、西北一起到，分不出是从那里到，静听、感受清风的吹拂，其中有着禅的对语。在步出“英鹤丸”的时候，我看见了长在清水里的山葵花是美丽的，长在污泥里的白莲花也是美丽的。与爱人相会的心情是美丽的，与爱人分离的心情也是美丽的。

只因为我的心是美丽的，如清风一样，匝地，有声。

养着水母的秋天

从南部的贝壳海岸回来，带回来两个巨大的纯白珊瑚礁石。

由于长久埋在海边，那白色珊瑚礁放了许多天都依然润泽，只是缓慢地褪去水分，逐渐露出外表规则而美丽的纹理。但同时我也发现了，失去水分的珊瑚礁仿佛逐渐失去生命的机能，连色泽也没有那样精灿光亮了。当然，我手里的珊瑚礁不知道在多久以前已经死亡，因于长期濡染海浪的关系，使它好像容蕴了海的生命，不曾死去。

为了让珊瑚礁能不失去色泽与生机，我把它们放进一个巨大的玻璃箱里，那玻璃箱原是孩子养水族的工具，在鱼类死亡后已经空了许久。我把箱子注满水，并在上面点了一只明亮的灯。

在水的围绕与灯的照耀下，珊瑚礁重新醒觉了似的，恢复了我在海边初见时那不可正视的逼人的白色，虽然没有海浪和潮声，它的饱满圆润也如同在海边一样。

我时常坐在玻璃箱旁，静静地看着这两块在海边极平凡的礁石，它虽然平凡，但是要找到纯白不含一丝杂质，圆得没有半点欠缺的珊瑚礁也不容易。这种白色的珊瑚礁原是来自深海的生物，在它死亡后被强劲的海浪冲激到岸上来，刚上岸的时候它是不规则的，要经过千百年一再的冲刷，才使它的外表完全被磨平，呈现出白玉一般的质地。

圆润的白色珊瑚礁形成的过程，本身就带着一些不可思议的神秘气息，宜于时空的联想。在深海里许多许多年，在海浪里被推送许多许多年，站在沙岸上许多许多年，然后才被我捡拾。如果我们从不会见，再过许多许多年，它就粉碎成为海岸上铺满的白色细砂了。面对海的事物，时空是不能计算的，一粒贝壳砂的形成，有时都要万年以上的时间。因此，我们看待海的事物——包括海的本身、海流、海浪、礁石、贝壳、珊瑚，乃至海边的一粒砂——重要的不是知道它历经多少时间，而是能否在其中听到一些海的消息。

海的消息？是的，就像我坐在珊瑚礁的前面，止息了一切心灵的纷扰，就听到从最细微处涌动的海潮音，像是我在海岸旅行时所听见的一般。海的消息是不论我们离开海边多久，都那样亲近而又辽远、细微而又巨大、深刻而又永久。

有一个从海岸迁居到都市的老人告诉我，从海岸来的人在临终的时候，转身面向故乡的海，最后一刻所听见的潮声，与他初生时听见的海潮音之第一印象，是完全相同的。“所以，海边来到都市的人们，死时总面向着海，脸上带着一种似有若无似笑非笑的苍茫神情，那种表情就像黄昏最后时刻，海上所迷离的雾气呀！”老人这样下着结论。

我边听老人的说话，边就起了迷思：哪一个初生的婴儿，我们顺着他的啼声往前追索，不管他往什么方向哭，最后是不是都到了海边呢？哪一个临终的老人，我们顺着他的眼睛往远处推去，不管他躺卧什么方向，最后是不是都到了海岸呢？我们是住在七山八海交互围绕的世界，所以此岸就是彼岸，彼岸就是此岸，都市汹涌的人群是潮水的一种变奏，人潮中迷茫的眼睛，何尝不是海岸上的沙呢？

对于海，问题不在我们的时空、距离、位置，问题在于我们能不能体贴海的消息。眼前的白色珊瑚礁在某些时候，确实让我想到临终时在心里听到海潮音的老人。它闭着眼睛，身体僵硬如石，石心里还有温暖的质地，那是属于海的部分，不能够改变的。

我养了那两个礁石很久以后，有一天，夜里开灯，突然看见了水面上翻滚飘浮着的一群生物，在灯光下闪动着萤光，我感到十分吃惊，仔细的看那群生物，它们的身体很小，小得如同初生婴儿小拇指上的指甲，身上的颜色灰褐透明，两旁则有无数像手一样的东西在划动着，当它浮到水面，一翻身，反射灯光就放出磷火一样的光芒。它身体的形状也像一片指甲，但也像一把伞，背后还有细微几至不可辨认的黑点。

这一群不知从那里冒出来的生物就像太空船忽然来临，使我惶惑。到底这是什么生物？什么因缘突然出生在水箱里？我只能判别这群生物的诞生必与珊瑚礁石有关，其他什么都不知道。

直到有一天来了一位懂生物的朋友，他大叫一声："唉呀！这是水母嘛！"我们坐着研究半天，才做出这样的结论：水母是由体腔壁排卵，卵子孵化为胚以后，就会附着在海上的物体，像礁石一类，过一段时间从胚中横裂分离，就生出水母，一个胚分裂后会变成一群水母，我从海岸携回的白色珊瑚礁原来就有水母胚胎的附着，到水箱以后才分裂出生了一大群小水母。

"这已经是最合理的推论了，不过，"朋友带着疑惑的表情说，"理论上，水母在淡水，尤其是自来水出生，一定会立刻死亡，不会活这么久。"我们同时把目光移向在水里快乐游动的水母，它们已经活了几十天，应该还会继续活下去。

朋友说："有一点似乎可以解释这奇怪的现象，有些科学家实验在水中生孩子，小孩生下来自然就会游泳，反过来说，水母在淡水中生活也不是不可能。"

接下来许多日子的深夜，我都会想着水母在水箱中存活的原因，它们在水箱中诞生的时候，并不知道这世界上有海，当然也没有海水的记忆，这使它可以毫无遗憾地在注满自来水的玻璃箱中生活，水母和人其实没什么不同，今日生活在欧美严寒雪地中的黑人，如何能记忆他们热带蛮荒中的祖先呢？

水母在水箱中活着，却也带给我一些恐慌，那是因为问遍所有的鱼店，没有一个人知道如何养水母，只好偶尔用海藻来喂它们，幸而水母也一天天长大了，养了一整个秋天，每一只水母都长得像大拇指甲一样大了。自然，这些水母赢得了无数的赞叹，水族馆中任何名贵的水族也不能相比。

当我还在痴心妄想水母是不是可以长得像海面上的品种那么巨大的时候，水母就一只一只在箱中死亡，冬天才开始不久，一群水母都死光了。我找不出它们死亡的原因，是由于冬季太冷吗？海上的冬天不是比水箱更冷！是由于突然有了海的记忆吗？已经过了这么久，那里还会在意！或者是由于某些不知的意识突然抬头而意识到自己只能在海里生存吗？

水母没有给我任何回声，我唯一能确信的是那些水母临终的最后一刻，一定能听见海的潮声，虽然它们初生时并未听见。

水母死后，我经历了一段时间的忧伤，就像海边的渔民遇到东北季风。一直到有一天我和一群朋友相见，我指着水箱对他们说：“在这个水箱里我曾经养过一群水母，养了一整个秋天。”竟然没有一个人肯完全的相信，因为水箱早已空了，只剩下两块失去海色的珊瑚礁，当朋友说“骗鬼！”的时候，我才真正从隐秘的忧伤中醒来。

海潮、水母、秋天、贝壳海岸，都是多么真实的东西，只是因为时间，所以不在了。

我想到，带我去贝壳沙滩的朋友，他说：“主要的是去见识整个海岸布满贝壳沙的情景，捡贝壳还是小事。”最后，我没有捡贝壳，却在海岸的角落带回珊瑚礁，于是就有了水箱、有了水母，以及因水母而心情变化的秋天，还时常念记着海天的苍茫……这种真实，其实是时间偶遇的因缘。

因缘固然能使我们相遇，也能使我们离散，只要我们足够明净，相遇时就能听见互相心海的消息，即使是离散了，海潮仍然涌动，偶尔也会记起，海面上的深夜，曾有过水母美丽的磷光，点缀着黑暗。

在时间上、在广大里、在黑暗中、在忧伤深处、在冷漠之际，我们若能时而真挚的对望一眼，知道石心里还有温暖的质地，也就够了。

即使记忆与相思不灭，我们也能自在坦然走下去。

黄昏菩提

我喜欢黄昏的时候在红砖道上散步，因为不管什么天气，黄昏的光总让人感到特别安静，能较深刻省思自己与城市共同的心灵。但那种安静只是心情的，只是心情一离开或者木棉或者杜鹃或者菩提树，一回头，人声车声哗然醒来，那时候就能感受到城市某些令人忧心的品质。

这种品质使我们在吵闹的车流里，有一种难以言喻的寂寞；在奔逐的人群与闪亮的霓虹灯里，我们更深地体会了孤独；在美丽的玻璃帷幕明亮的反光中，看清了这个大城冷漠的质地。

居住在这个大城，我时常思索着怎样来注视这个城，怎样找到它的美，或者风情，或者温柔，或者什么都可以。

有一天我散步累了，坐在建国南路口，就看见这样的场景，疾驰的摩托车撞上左转的货车，因挤压而碎裂的铁与玻璃，和着人体撕伤的血泪，正好喷溅在我最喜欢的一小片金盏花的花圃上。然后刺耳的警笛与救护车，尖叫与围拢的人群，堵塞与叫骂的司机……好像一团碎铁屑，因磁铁辗过而改变了方向，纷乱骚动着。

对街那头并未受到影响，公车牌上等候的人正与公车司机大声叫骂。一个气喘咻咻的女人正跑步追赶着即将开动的公车。小学生的纠察队正鸣笛制止一个中年人挤进他们的队伍。头发竖立如松的少年正对不肯停的计程车吐口水。穿西装的绅士正焦躁的把烟蒂猛然蹂扁在脚下。

这许多急促的喘着气的画面，几乎难以相信是发生在一个可以非常美丽的黄昏。

惊疑、焦虑、匆忙、混乱的人，虽然具有都市人的性格，生活在都市，却永远见不到都市之美。更糟的是无知。

有一次在花市，举办着花卉大餐，人与人互相压挤践踏只是为了抢食刚剥下的玫瑰花瓣，或者涂着沙拉酱的兰花。抢得最厉害的是一种放着新鲜花瓣的红茶，我看到那粉红色的花瓣放进热气蒸腾的茶水，瞬间就萎缩了，然后沉落到杯底，我想，那抢着喝这杯茶的人不正是那一瓣花瓣吗？花市正是滚烫的茶水，它使花的美丽沉落，使人的美丽萎缩。

我从人缝穿出，看到五尺外的安全岛上，澎湖品种的天人菊独自开放着，以一种卓绝的不可藐视的风姿，这种风姿自然是食花的人群所不可知的。天人菊名声比不上玫瑰，滋味可能也比不上，但它悠闲不为人知的风情，却使它的美丽有了不受摧折的生命。

悠闲不为人知的风情，是这个都市最难得的风情。有一次参加一个紧张的会议，会议上正纷纭地揣测着消费者的性别、年龄、习惯与爱好：什么样的商品是十五到二十五岁的人所要的？什么样的资讯最适合这个城市的青年？什么样的颜色最能激起购买欲？什么样的抽奖与赠送最能使消费者盲目？用什么形式推出才是我们的卖点，和消费者情不自禁的买点？后来，会议陷入了长长的沉默，灼热的烟雾弥漫在空调不敷应用的会议室里。

我绕过狭长的会议桌，走到长长的只有一面窗的走廊透气，从十四层的高楼俯视，看到阳光正以优美的波长，投射在春天的菩提树上，反射出一种娇嫩的生命之骚动，我便临时决定不再参加会议，下了楼，轻轻踩在红砖路上，听着欢跃欲歌的树叶长大的声音，细微几至不可听见。回头，正看到高楼会议室的灯光亮起，大家继续做着灵魂烧灼的游戏，那种燃烧使人处在半疯的状态，而结论却是必然的：没有人敢确定现代的消费者需要什么。

我也不敢确定，但我可以确定的是，现代人更需要诚恳的、关心的沟通，有情的、安定的讯息。就像如果我是春天这一排被局限在安全岛的菩提树，任何有情与温暖的注视，都将使我怀着感恩的心情。

生活在这样的都市里，我们都是菩提树，拥有的土地虽少，勉力抬头仍可看见广大的天空；我们虽有常在会议桌上被讨论的共相，可是我们每天每刻的美丽变化却不为人知。“一棵树需要什么呢？”园艺专家在电视上说，“阳光、空气，和水而已。还有一点点关心。”

活在都市的人也一样的吧！除了食物与工作，只是渴求着明澈的阳光，新鲜的空气，不被污染的水，以及一点点有良知的关心。

“会议的结果怎么样？”第二天我问一起开会的人。

“销售会议永远不会有正确的结论，因为没有人真正了解十五岁到二十五岁现代都市人的共同想法。”

如果有人说：我是你们真正需要的！那人不一定真正知道我们的需要。

有一次在仁爱国小的操场政见台上，连续听到五个人说：“我是你们真正需要的。”那样高亢的呼声带着喝彩与掌声如烟火在空中散放。我走出来，看见安和路上黑夜的榕树，感觉是那样的沉默、那样的矮小，忍不住问它说：“你真正的需要是什么呢？”

我们其实是像那沉默的榕树一样渺小，最需要的是自在地活着，走路时不必担心亡命的来车，呼吸时能品到空气的香甜，搭公车时不失去人的尊严，在深夜的黑巷中散步也能和陌生人微笑招呼，时常听到这个社会的良知正在觉醒，也就够了。

我更关心的不是我们需要什么，而是青年究竟需要什么？十五岁到二十五岁的，难道没有一个清楚的理想，让我们在思索推论里知悉吗？

我们关心的都市新人种，他们耳朵罩着随身听，过大的衬衫放在裤外，即使好天他们也罩一件长到小腿的黑色神秘风衣。少女们则全身燃烧着颜色一样，黄绿色的发，红蓝色的衣服，黑白的鞋子，当他们打着拍子从我面前走过，就使我想起童话里跟随王子去解救公主的人物。

新人种的女孩，就像敦化南路圆环的花圃上，突然长出一株不可辨认的春花，它没有名字，色彩怪异，却开在时代的风里。男孩们则是忠孝东路刚刚修剪过的路树，又冒出了不规则的枝桠，轻轻的反抗着剪刀。

最流行的杂志上说，那彩色的太阳眼镜是“燃烧的气息”，那长短不一染成红色的头发是“不可忽视的风格之美”，那一只红一只绿的布鞋是“青春的两个眼睛”，那过于巨大不合身的衣服是“把世界的伤口包扎起来”，而那些新品种的都市人则被说成是“青春与时代的领航者”。

这些领航的大孩子，他们走在五线谱的音符上走在调色盘的颜料上走在电影院的看板上走在虚空的玫瑰花瓣上，他们连走路的姿势，都与我年轻的时代不同了。

我的青年时代，曾经跪下来嗅闻泥土的芳香，因为那芳香而落泪；曾经热烈争辩该走的方向，因为那方向而忧心难眠；曾经用生命的热血与抱负写下慷慨悲壮的诗歌，因为那诗歌燃起火把互相传递。曾经，曾经都已是昨日，而昨日是西风中凋零的碧树。

“你说你们那一代忧国忧民，有理想有抱负，我请问你，你们到底做了什么了不起的大事？”一位西门町的少年这样问我。

我们到底做了什么了不起的大事？拿这个问题问飘过的风，得不到任何回声；问路过的树，没有一棵摇曳；问满天的星，天空里有墨黑的答案。这是多么可惊的问题，我们这些自谓有理想有抱负忧国忧民的中年，只成为黄昏时稳重散步的都市人，那些不知道有明天而在街头热舞的少年，则是半跑半跳的都市人，这中间有什么差别呢？

有一次，我在延吉街花市，从一位年老的花贩口里找到一些答案，他说：

“有些种子要做肥料，有些种子要做泥土，有一些种子是天生就要开美丽的花。”

农人用犁耙翻开土地，覆盖了地上生长多年的草，草很快地成为土地的一部分。然后，农人在地上撒一把新品种的玫瑰花种子，那种子抽芽发茎，开出最美的璀璨之花。可是没有一朵玫瑰花知道，它身上流着小草的忧伤之血，也没有一朵玫瑰记得，它的开放是小草舍身的结晶。

我们这一代没有做过什么大事，我们没有任何功勋给青年颂歌，就像曾经在风中生长，在地底怀着热血，在大水来时挺立，在干旱的冬季等待春天，在黑暗的野地里仰望明亮的天星，一株卑微的小草一样，这算什么功勋呢？土地上任何一株小草不都是这样活着的吗？

所以，我们不必苛责少年，他们是天生就来开美丽的花，我们半生所追求的不也就是那样吗？无忧地快乐地活着。我们的现代是他们的古典，他们的庞克何尝不是明天的古典呢？且让我们维持一种平静的心情，就欣赏这些天生的花吧！

光是站在旁边欣赏，好像也缺少一些东西。有一次散步时看到工人正在仁爱路种树，他们先把路树种在水泥盆子里，再把盆子埋入土中，为什么不直接种到土地里呢？我疑惑着。

工人说：“用盆子是为了限制树的发展，免得树根太深，破坏了道路、水管和地下电缆。也免得树长太高，破坏了电线和景观。”

原来，这是都市路树的真相，也是都市青年的真相。

我们是风沙的中年，不能给温室的少年指出道路，就像草原的树没有资格告诉路树，应该如何往下扎根、往上生长。路树虽然被限制了根茎，但自有自己的风姿。

那样的心情，正如同有一个晚秋的清晨，我发现路边的马缨丹结满了晶莹露珠，透明没有一丝杂质的露珠停在深绿的叶脉上，那露水，令我深深感动，不只是感动那种美，而是惊奇于都市的花草也能在清晨有这样清明的露。

那么，我们对都市风格、人民品质的忧心是不是过度了呢？

都市的树也是树，都市人仍然是人。

凡是树，就会努力生长；凡是人，就不会无端堕落。

凡是人，就有人的温暖；凡是树，就会有树的风姿。

树的风姿，最美的是敦化南北路上的枫香树吧！在路边的咖啡屋叫一杯上好的咖啡，从明亮的落地窗望出去，深深感到那些安全岛上的枫香树，风情一点也不比香榭里舍大道的典雅逊色，虽然空气是脏了一点，交通是乱了一点，喇叭与哨子是吵了一点，但枫香树是多么可贵，犹自那样青翠、那样宁谧、那样深情，甚至那样有一种不可言说的傲骨，不肯为日渐败坏的环境屈身。

尤其是黄昏时分，阳光的金粉一束束从叶梢间穿过，落在满地的小草上，有时目光随阳光移动，还可以看到酢浆草新开的紫色小花，嫩黄色的小蛱蝶在花上飞舞，如果我们用画框框住，就是印象派中最美丽的光影了。可惜有很多人在都市生活了一辈子，总是匆忙地走来走去，从来没有看过这种美。

枫香之美、都市人之品质、都市之每株路树，虽各有各的风情，其实都是渺小的。有一回我登上郊外的山，反观这黄昏的都城，发现它被四面的山手拉手环抱着，温柔的夕阳抚触着城市的每一个角落，天边朗朗升起万道金霞，这时，一棵棵树不见了，一个个人也不见了，只看到互相拥抱的楼宇、互相缠绵的道路。城市，在那一刻，成为坐着沉思的人，它的污染拥挤脏乱都不见了，只留下繁华落尽的一种清明壮大庄严之美。

回望我所居的城市，这座平常使我因烦厌而去寻找细部之美的城，当时竟陪我跨越尘沙，照见了一些真实的大块的面目。那一天我在山顶上坐到辉煌的灯火为城市戴着光环才下山，下山时还感觉到美正一分一分的升起。

我们如果能回到自我心灵真正的明净，就能拂拭蒙尘的外表，接近更美丽单纯的内里，面对自己是这样，面对一座城市时不也是这样吗？清晨时分，我们在路上遇到全然陌生的人，互相点头微笑，那时我们的心是多么清明温情呀！我们的明净可以洗清互相的冷漠与污染，同时也可以洗涤整个城市。

如果我们的心足够明净，还会发现太阳离我们很近，月亮离我们很近，星星与路灯都放着光明，簇拥我们前行。

就像有一天我在仁爱路的菩提树上，发现了一个小红蚂蚁的窝，它们缓缓在春天的菩提枝桠上蠕动，充满了生命清新的力量，正伸出触角迎接经过漫长阴雨之后都城的新春。

对我们来说，那乱车奔驰的路侧，是不适于生存，甚至不适宜站立的；可是对菩提树，它们努力站立，长出干净的新绿；对小红蚂蚁，它们自在生存，欣然迎接早春；我们都是一样，是默默不为人知，在都市的脉搏里流动的一丝清明之血。

从有蚂蚁窝的菩提树荫走到阳光浪漫的黄昏，我深深的震动了，觉得在乡村生活的人是生命的自然，而在都市里生活的人，更需要一些古典的心情、温柔的心情，一些经过污染还能沉静的智慧。这株黄昏的菩提树，树中的小蚂蚁，不是与我一起在通过污染，面对自己古典、温柔、沉静的心情吗？

黄昏时，那一轮金橙色的夕阳离我们极远极远，但我们一发出智慧的声音，他就会安静的挂在树梢上，俯身来听，然后我感觉，夕阳只是个纯真的孩子，他永远不受城市的染着，他的清明需要一些赞美。

每天我走完了黄昏的散步，将归家的时候，我就怀着感恩的心情摸摸夕阳的头发，说一些赞美与感激的话。

感恩这人世的缺憾，使我们警醒不至于堕落。

感恩这都市的污染，使我们有追求明净的智慧。

感恩那些看似无知的花树，使我们深刻地认清自我。

最大的感恩是，我们生而为有情的人，不是无情的东西，使我们能凭借情的温暖，走出或冷漠或混乱或肮脏或匆忙或无知的津渡，找到源源不绝的生命之泉。

听完感恩与赞美，夕阳就点点头，躲到群山背面，只留下满天羞红的双颊。

将归家的时候，我就怀着感恩的心情摸摸夕阳的头发，说一些赞美与感激的话。

云　散

我喜欢胡适的一首白话诗“八月四夜”：

我指望一夜的大雨，
把天上的星和月都遮了；
我指望今夜喝得烂醉，
把记忆和相思都灭了。
人都静了，
夜已深了，
云也散干净了，
仍旧是凄清的明月照我归去，
我的酒又早已全醒了。
酒已都醒，
如何消夜永？

这首《八月四夜》，是根据周邦彦的一阕词《关河令》改写成的，《关河令》的原文是：

秋阴时作，
渐向暝变一庭凄冷，
伫听寒声，
云深无雁影。
更深，人去，寂静。
但照壁孤灯相映。
酒已都醒，
如何消夜永？

胡适的诗一点也不比周邦彦的原词逊色。我从前喜欢这首诗，是欢喜诗中的孤单和寂寞的味道，尤其是在烂醉之后醒来，不知道如何度过凄清的好像永无尽头的寒夜时。我在少年时代，有很多次的心境都接近了这首诗的情景。

这使我想起，孤单和寂寞虽也有它极美的一面，但究竟不是幸福的。只是有时我们细细想来，幸福里如果没有孤单和寂寞的时刻，幸福依然是不圆满的。

最好的是，在孤单与寂寞的时候，自己也能品味出那清醒明净的滋味，有时能有一些些记忆和相思牵系，才是最幸福的事。

清晨滚着金边的红云，是美的。

午后飘过慵懒的白云，是美的。

黄昏燃烧炽烈的晚霞，是美的。

有时散得干净的天空，也是美的。

那密密层层包裹着青天的乌云，使我们带着冷冽的醒觉，何尝不美呢？

当一个人，走过了辉煌的少年时代，有许多人就开始在孤单与寂寞的煎熬中过日子；当一个人，失去了情爱与生命的理想，可能就会在无奈的孤独中忍受一生；当一个人，不能体会到独处的丰富与幸福时，他的生命之火就开始黯然褪色……

凄清的明月是不是美丽的明月那同一个明月呢？当我们从生命的烂醉醒来的时候，保持明净的心灵世界，让我们也欢喜独处时的寂寞吧！因为要做一个自足的人，就是每一时每一刻都能看清云彩从心窗飘过的姿势。在云也散干净的时候，还能在永夜中保持愉悦清明，那么，即使记忆与相思不灭，我们也能自在坦然的走下去。

正向时刻

狗的享受

路过家附近的一家银行，发现门口或坐、或趴着五条狗。这五条狗原来是在市场附近的野狗，我认识的，它们本来各据一处，怎么会同时一起坐在银行前面呢？银行对狗的价值应该还不如路边的面摊，为什么狗不去蹲面摊而要来蹲银行呢？我感到十分好奇。

更使我好奇的是，这五条狗的脸上都流露出非常满足的神情。于是我站在那里研究狗为什么这么满足？为什么整条街都不去，偏偏聚在银行的门口？

十分钟以后，我找到答案了，因为银行的冷气开得很强，又是自动门，进出者众，每每有人出入，里面的冷气就会一阵阵倾泄而出，那些狗是聚在银行门口享受冷气呢！

七月，中午，在台北，有冷气真享受，连狗也知道。

台北秘笈

去信义路、基隆路口新开的诚品书店看书，无意间发现一张“台北书店地图”。

地图以浅咖啡色做底，仿佛一页撕下的线装书页，非常淡雅，一张一百元。

看到这张地图真是开心极了，台北有这么多的书店，台北还是很可爱的。

想到不久前在欧克斯家具店找到的“台北东区市街图”，或者可以出版一本书，书里全是分门别类的地图，例如“咖啡店地图”、“画廊地图”、“名牌服饰地图”、“茶艺馆地图”、“花店地图”、“古董店地图”、“餐厅地图”等等。

对了，或者可以有一张“特殊商店地图”，例如后火车站有一家很大的“线庄”，历史悠久，只卖各色针线的。基隆路有一家“大蒜专卖店”，只卖各种大蒜的制品。统领百货巷内有一家只卖天然茶的店，好像叫“小熊森林”。松山有一家只卖普洱茶叶的“普洱茶专卖店”……

这些地图可以让我们看出台北的好。

是不是邀请许多艺术家，每一位为台北绘一张这样的地图，让初到台北的人也能知道，台北有许多特色，是不逊于欧洲的。

这样一本地图，书名可以叫做“台北秘笈”，副题是“专供初到台北的武林人物在午后秘密演练”，呀！想了就很开心。

坐火车的莲花

逛完书店，散步回家，惊见家门口有一株玫瑰，四朵宝蓝色莲花，靠在门上，站立着。

花里夹着一张便条。

原来是一位住在中坜的朋友，他从中坜火车站搭车要到基隆去看女朋友，看到花店，想买一朵玫瑰花送给女朋友。进了花店，看到四朵宝蓝色莲花联想到我，觉得顺路到松山，把莲花送我，再到基隆，送玫瑰给女友，行程就很完美了。

他在松山下车，步行到我家，原本要放了花就走，但大厦管理员对他说：“林先生有黄昏散步的习惯，又穿拖鞋短裤，很快会回来了。”结果我去逛书店，他在门口枯等许久，一直到天黑才离去。

至于那朵要送女朋友的玫瑰，算算去基隆时间太晚了，“附赠女友玫瑰一朵”，人就回中坜去了。

朋友留下的那封短笺，里面有格言似的留话：“在这个世间，只要不会伤害别人的事，想做什么，就立刻去做吧。”

我把莲花和玫瑰插在花瓶，心想，有些朋友真像花园中的花突然乍放，时常令人惊喜，下次也要想个什么方法，让他惊喜一下，或者两三下。

条纹玛瑙

暑假到了，在国外的朋友纷纷回来过暑假。

一个朋友从美国马利兰回来，特地来看我，送一个沉重的东西给我，说：“送你一块石头，不成敬意。”

打开，是一块条纹玛瑙，大如垒球，有一公斤重，上半部纯红，下半部红、黄、白、绿，条条相间，真的是美极了。

“真是谢谢你！”我诚挚地说，企图掩藏心里的狂喜，由于朋友是腼腆的人，我担心没有掩饰的惊喜吓到他，所以就淡化了内心的欢喜。

朋友走了，我在书房里抱着那块条纹玛瑙，高呼万岁，不是为了它的昂贵，而是为了它的美，还有超越时空的友谊。

埔里荔枝

在埔里等候国光号的车北上，尚有二十分钟，在车站附近逛逛。

看到一家水果行，想到埔里的特产是荔枝和甘蔗，买了一株甘蔗、十斤荔枝，真不敢相信甘蔗和荔枝都是一斤二十五元，几天前在台北买荔枝，一斤六十元。

国光号上，先吃了荔枝，是籽细肉肥的品种，鲜美极了。

然后吃甘蔗，脆嫩清甜，名不虚传，果然是埔里甘蔗。

回到台北，齿颊仍留着香气，四小时的车程，仿佛只是刹那。

处处莲花开

生命里有许多正向时刻，也有许多负向时刻，一个人快乐的秘诀，便是抓住那正向的时刻，使它更充盈；转化负向的时刻，使它得到清洗。

有人对我们深深地微笑；乡间道上的油麻菜开花了；炎热的夏天午后突来阵雨和凉风；一只凤蝶突然飞过窗边；在公园里偶然看见远天的彩虹；读一本好书、听了一段动听的音乐……

每天，有一些些正向的时光，便有好心情走向明天：时时有正向的时刻，生命便无限美好，日日是好日，处处莲花开。

日日是好日，处处莲花开。

第四辑

心美，一切皆美

会看花的人，
就会看云、看月、看星辰，
并且在人世中的一切看到智慧。

发芽的心情

有一年，我在武陵农场打工，为果农收成水蜜桃与水梨。那时候是冬天了，清晨起来要换上厚重的棉衣，因为山中的空气格外有一种清澈的冷，深深的呼吸时，凉沁的空气就涨满了整个胸肺。

我住在农人的仓库里，清晨挑起箩筐到果园子里去，薄雾正在果树间流动，等待太阳出来时往山边散去。在薄雾中，由于枝桠间的叶子稀疏，可以清楚的看见那些饱满圆熟的果实，从雾里浮凸出来，青鲜的还挂着夜之露水的果子，如同刚洗过一个干净的澡。

雾掠过果树，像一条广大的河流般，这时阳光正巧洒下满地的金线，果实的颜色露出来了，梨子透明一般，几乎能看见表皮内部的水分。成熟的水蜜桃有一种粉状的红，在绿色的背景中，那微微的红如鸡心石一样，流动着一棵树的血液。

我最喜欢清晨曦光初见的时刻。那时一天的劳动刚要开始，心里感觉到要开始劳动的喜悦，而且面对一片昨天采摘时还青涩的果子，经过夜的洗礼，竟已成熟了，可以深切的感觉到生命的跃动，知道每一株果树全有着使果子成长的力量。我小心地将水蜜桃采下，放在已铺满软纸的箩筐里，手里能感觉到水蜜桃的重量，以及那充满甜水的内部质地。捧在手中的水蜜桃，虽已离开了它的树枝，却像一株果树的心。

采摘水蜜桃和梨子原不是粗重的工作，可是到了中午，全身大致已经汗湿，中午冬日的暖阳使人不得不脱去外面的棉衣。这样轻微的劳作为何会让人汗流浃背呢？有时我这样想着。后来找到的原因是：水蜜桃与梨子虽不粗重，但它们那样容易受伤，非得全神贯注不可——全神贯注也算是我们对大地生养的果实一种应有的尊重吧！

才一个月的时间，我们差不多把果园中的果实完全采尽了，工人们全散工转回山下，我却爱上那里的水土，经过果园主人的准许，答应让我在仓库里一直住到春天。能够在山上过冬是我意想不到的事，那时候我早已从学校毕业，正等待着服兵役的征集令，由于无事，心情差不多放松下来了。我向附近的人借到一副钓具，空闲的时候就坐着到雾社的客运车，碧湖去徜徉一天，偶尔能钓到几条小鱼，通常只是看饱了风景。

有时候我坐车到庐山去洗温泉，然后在温泉岩石上晒一个下午的太阳；有时候则到比较近的梨山，在小街上散步，看那些远从山下来赏冬景的游客。夜间一个人在仓库里，生起小小的煤炉，饮一壶烧酒，然后躺在床上，细细听着窗外山风吹过林木的声音，才深深觉得自己是完全自由的人，是在自然与大地工作过、静心等候春天的人。

采摘过的果园并不因此就放了假，果园主人还是每天到园子里去，做一些整理剪枝除草的工作，尤其是剪枝，有一天到园子去帮忙整理，我目见的园中景象令我大大的吃惊。因为就在一个月前曾结满累累果实的园子，这时全像枯去了一般，不但没有了果实，连过去挂在枝尾端的叶子也都凋落净尽，只有一两株果树上，还留着一片焦黄的在风中抖颤的随时要落在地上的黄叶。

园子中的落叶几乎铺满，走在上面窸窣有声，每一步都把落叶踩裂，碎在泥地上。我并不是不知道冬天树叶会落尽的道理，但是对于生长在南部的孩子，树总是常绿的，看到一片枯树反而觉得有些反常。

我静静的立在园中，环目四顾，看那些我曾为它们的生命、为它们的果实而感动过的果树，如今充满了肃杀之气，我不禁在心中轻轻地叹息起来。同样的阳光、同样的雾，却洒在不同的景象之上。

曾经雇用我的主人，不能明白我的感伤，走过来拍我的肩，说："怎么了？站在这里发呆？"

"真没想到才几天的工夫，叶子全落尽了。"我说。

"当然了，今年不落尽叶子，明年就长不出新叶了，没有新叶，果子不知道要长在那里呢！"园主人说。

然后他带领我在园中穿梭，手里拿着一把利剪，告诉我如何剪除那些已经没有生长力的树枝。他说那是一种割舍，因为长得太密的枝丫，明年固然能结出许多果子，但一棵果树的力量是一定的，太多的树枝可能结出太多的果，但会使所有的果都长得不好，经过剪除，就能大致把握明年的果实。我虽然感觉到那对一棵树的完整有伤害，但一棵果树不就是为了结果吗？为了结出更好的果，母株总要有所牺牲。

我看到有的拇指粗细的枝丫被剪落，还流着白色的汁液，我说："如果不剪枝呢？"

园主人说："你看过山地里野生的芭乐吗？它的果子会一年比一年小，等到树枝长得太盛，根本就不能结果了。"

我们在果园里忙碌的剪枝除草，全是为了明年的春天做着准备。春天，在冬日的冷风中感觉起来是十分遥远的日子，但是当拔草的时候，看到那些在冬天也顽强抽芽的小草，似乎春天就在那深深的土地里，随时等候着涌冒出来。

果然，让我们等到了春天。

其实说是春天还嫌早，因为气温仍然冰冷一如前日。我到园子去的时候，发现果树像约定好的一样，几乎都抽出绒毛一样的绿芽，那些绒绒的绿昨夜刚从母亲的枝干挣脱出来，初面人世，每一片都绿得像透明的绿水晶，抖颤地睁开了眼睛。我看到尤其是初剪枝的地方，芽抽得特别早，也特别鲜明，仿佛是在补偿着母亲的阵痛。我在果树前深深的受到了感动，好像我也感觉了那抽芽的心情。那是一种春天的心情，只有在最深的土地中才能探知。

我无法抑制心中的兴奋与感动，每天第一件事就是跑去园子，看那些喧哗的芽一片片长成绿色的叶子，并且有的还长出嫩绿的枝桠，逐渐在野风中转成褐色。有时候，我一天去看过好几次，感觉黄昏的落日里，叶子长得比当日黎明要大得多。那是一种奇妙的观察，确实能知道春天的讯息。春天原来是无形的，可是借着树上的叶、草上的花，我们竟能真切地触摸到春天——冬天与春天不是天上的两颗星那么遥远，而是同一株树上的两片叶子，那样密结的跨着步。

我离开农场的时候，春阳和煦，人也能感觉到春天的肤触了。园子里的果树也差不多长出整树的叶子，但是有两株果树却没有发出新芽，枝桠枯干，一碰就断落，它们已经在冬天里枯干了。

果园的主人告诉我，每一年过了冬季，总有一些果树就那样死去了，有些当年还结过好果的树也不例外，他也想不出什么原因，只说："果树和人一样也有寿命的，短寿的可能未长果就夭折，有的活了五年，有的活了十几年，真是说不准的。奇怪的是，果树的死亡真没有什么征兆，有的明明果子长得好好的，却就那样的死去了……"

"真是奇怪，这些果树是同时播种，长在同一片土地上，受到相同的照顾，种类也都一样，为什么有的到了冬天以后就活不过来呢？"我问着。

我们都不能解开这个谜题，站在树前互相对望。夜里，我为这个问题而想得失眠了。果树在冬天落尽叶子，为何有的在春天不能复活呢？园子里的果树都还年轻，不应该这样就死去的！

"是不是有的果树不是不能复活，而是不肯活下去呢？就像有一些人失去了生的意志而自杀了？或者说在春天里发芽也要心情，那些强悍的树被剪枝，它们用发芽来补偿，而比较柔弱的树被剪枝，则伤心得失去了春天的期待与心情。树，是不是有心情的呢？”我这样反复询问自己，知道难以找到答案，因为我只看到树的外观，不能了解树的心情。就像我从树身上知道了春的讯息，我并不完全了解春天。

我想到，人世里的波折其实也和果树一样。有时候我们面临了冬天的肃杀，却还要被剪去枝桠，甚至流下了心里的汁液。有那些懦弱的，他就不能等到春天，只有永远保持春天的心情等待发芽的人，才能勇敢的过冬，才能在流血之后还能繁叶满树，然后结出比剪枝前更好的果。

多年以来，我心中时常浮现出那两株枯去的水蜜桃树，尤其是受到什么无情的波折与打击时，那两株原本无关紧要的树，它们的枯枝就像两座生铁的雕塑，从我的心中撑举出来，我就对自己说：“跨过去，春天不远了，我永远不要失去发芽的心情。”而我果然就不会被冬寒与剪枝击败，虽然有时静夜想想，也会黯然流下泪来，但那些泪在一个新的春天来临时，往往成为最好的肥料。

我想到，人世里的波折其实也和果树一样。
有时候我们面临了冬天的肃杀，
却还要被剪去枝桠，
甚至流下了心里的汁液。

学看花

现代通家南怀瑾居士，有一次谈到他少年时代，一心想学剑的故事。

他听说杭州西湖城隍山有一个道人是剑仙，就千里迢迢跑去求道学剑，经过很多次拜访，才见到那位仙风道骨的老人。老人先是不承认有道，更不承认是剑仙，后来禁不起恳求，才对南先生说："欲要学剑，先回家去练手腕劈刺一百天，练好后再在一间黑屋中，点一枝香，用手执剑以腕力将香劈开成两片，香头不熄，然后再……。"

老人说了许多学剑的方法，南先生听了吓一跳，心想劈一辈子也不一定能学会剑，更别说当剑仙了，只好向老人表示放弃不学。这时，老人反过来问他："会不会看花？"

"当然会看。"南先生答曰，心想，这不是多此一问吗？

"不然，"老人说，"普通人看花，聚精会神，将自己的精气神，都倾泄到花上去了，会看花的人，只是半觑着眼，似似乎乎的，反将花的精气神，吸收到自己身中来了。"

南先生从此悟到，一个人看花正如庄子所说："与天地精神相往来"，不只是看花，乃至看树、看草、看虚无的天空，甚至看一堆牛粪，不都是借以接到天地间的光能，看花的会不会，关键不在看什么，而在于怎么看。

所以，南先生常对跟他学道的人说：先学看花吧！

南先生所说的“学看花”和禅宗行者所说的“瓦砾堆里有无上法”意思是很相近的，也很像学佛的人所说的“细行”，就是生活中细小的行止，如果在细行上有所悟，就能成其大；如果一个人细行完全，则动行举止都能处在定境。因此，细行对学佛的人是非常重要的，民初禅宗高僧来果禅师就说：“我人由一念不觉，才有无明，无明只行细行，未入名色。今既复本细行，是知心源不远。……他人参禅难进步，细行人初参即进步。”

我们常说修习菩萨道，要注意“三千威仪，八万细行”，就是指对生活的一切小事都不可空忽，应该知道一切的语默动静都有深切的意义。

顾全细行，究竟有什么意义呢？

从前，佛陀在世的时候，有一天到忉利天宫，帝释（俗称玉皇大帝）设宴供养，佛陀即把帝释也化成佛的形相，佛陀的弟子目连、舍利弗、迦叶、须菩提等人随后到了忉利天，看到两个佛陀坐在里面，不知道哪一位才是佛陀，难以向前问礼，目连尊者心惊毛竖，赶紧飞身到梵天上，也分不清那一个是佛，又远飞九百九十恒河沙佛土之外，还是分不清。（因为佛法身大于帝释，理论上应该从远处即可分清。）

目连尊者急忙又飞身回来，找舍利弗商量要怎么办？舍利弗说：“诸罗汉请看座上那个有细行？眼睛不乱翻，即是世尊。”

佛陀的弟子这时才从细行分出真假佛陀，齐向佛前问礼，佛陀对他们说：“神通不如智慧，目连粗心，不如舍利弗细行。”（按，目连是佛弟子中神通第一，舍利弗则是智慧第一。）佛陀的意思是智慧是从细行中生出，只有细行的人才能观到最细微深刻的事物。

细行，包括行、住、坐、卧、言语、行事、威仪等等一切生活的细微末节，来果禅师就说一个人能细行，到最微细处，能听到蚂蚁喊救命而前去救护，他曾说到自己的经验：“余一日睡广单（即通铺），闻声哭喊，下单寻觅，见无脚虱子，在地乱碰乱滚。”心如果能细致到这步田地，还有什么不能办呢？

民初律宗高僧弘一大师，是南山律宗的传人，持戒最为精严，平时走路都怕踩到虫蚁，因此常目视地上而行。弘一大师的事迹大家在《弘一大师年谱》、《弘一大师传》中都很熟悉，但有一件事是大家比较不知道的：

弘一大师晚年受至友夏丐尊先生之托，为开明书局书写字典的铜模字体，已经写了一千多字，后来不得不停止，停止的原因，弘一大师在写给夏丐尊的信中曾详细述及，最重要的一个原因，他写道：“去年应允此事之时，未经详细考虑，今既书写之时，乃知其中有种种之字，为出家人书写甚不合宜者。如刀部中残酷凶恶之字甚多。又女部中更不堪言。尸部中更有极秽之字。余殊不愿执笔书写。”最后，弘一大师无可奈何地写道：“余素重然诺，绝不愿食言，今此事实有不得已之种种苦衷，务乞仁者向开明主人之前代为求其宽恕谅解，至为感祷。”

我读《弘一大师书简》到这一段时，曾合书三叹，这是极精微的细行，光是书写秽陋的字就觉得污染了自己的身心，我近年来也颇有这样的体会，对我们靠文字吃饭的人，读到弘一大师的这段话，能不惭愧忏悔吗？

当然，我们凡夫要做到高僧一样的细行，非常困难，不过从世俗的观点看来，要使自己的人格身心健全，细行仍然是必要的，怎么样学细行呢？

先学看花！再学看牛粪！

学看花固然是不因花香花美而贪著，学看牛粪则也不因粪臭粪恶而被转动，这样细行才守得住。正是佛陀在《杂阿含经》中说的：“诸所有色，若过去若未来若现在，若内若外，若粗若细，若好若丑，若远若近，彼一切非我，非我所，如实观察受想行识，亦复如是。……如是观察，于诸世间都无所取，无所取故，无所著；无所著故，自觉涅盘。”

佛经里常以莲花喻人，若我们以细行观莲花，一朵莲花的香不是花瓣香，或花蕊香，或花茎香，或花根香，而是整株花都香，如果莲花上有一部分是臭秽的，就不能开出清净香洁的莲花了。所以有人把戒德称为“戒香”，只有一个人在小节小行上守清规，才能使人放出人格的馨香，注意规范的本身就是一种香洁的行为。

会看花的人，就会看云、看月、看星辰，并且在人世中的一切看到智慧。

“会看”就要先有细致的心，细致的心从细行开始，细行犹如划起一枝火柴，细致的心犹如被点燃的火炬，火炬不管走进多么黑暗的地方，非但不和黑暗同其黑暗，反而能照破黑暗，带来光明！火炬不但为自己独自照亮，也可以分燃给别人，让别人也有火炬，也照亮黑暗。

此所以莲花能出污泥而不染。

此所以仁者能处浊世而不著。

细行能成万法，所以不能小看看花，不能明知而走错一步，万一走错了要赶紧忏悔回头，就像花谢还会再开！就像把坏的枝芽剪去，是为了开最美的花。

那么，让我们走进花园，学看花吧！

放下一切的缠缚，狂心都歇，观闻从我们自性中流露的梅香。

梅　香

一个有钱的富人，正在家院的花园里赏梅花。

那是冬日寒冷的清晨，艳红的梅花正以最美丽的姿容吐露，富人颇为自己的花园里能开出这样美丽的梅花，感到无比的快慰。

突然，门外传来敲门的声音，富人去开了门，发现一个衣衫褴褛的乞丐，在寒风里冻得直打抖，那乞丐已在这开满梅花的园外冻了一夜，他说：“先生，行行好，可不可以给我一点东西吃？”

富人请乞丐在园门口稍稍等候，转身进入厨房，端来一碗热腾腾的饭菜，他布施给乞丐的时候，乞丐忽然说：“先生，您家里的梅花，真是非常芳香呀！”说完了，转身走了出去。

富人呆立在那里，感到非常震惊，他震惊的是，穷人也会赏梅花吗？这是自己从来不知道的。另一个震惊的是，花园里种了几十年的梅花，为什么自己从来没有闻过梅花的芳香呢？

于是，他小心翼翼的，以一种庄严的心情，深怕惊动梅香似地悄悄走近梅花，他终于闻到了梅花那含蓄的、清澈的、澄明无比的芬芳，然后他濡湿了眼睛，流下了感动的泪水，为了自己第一次闻到了梅花的芳香。

是的，乞丐也能赏梅花，乞丐也能闻到梅花的香气，有的乞丐甚至在极饥饿的情况下，还能闻到梅花清明的气息。可见得，好的物质条件不一定能使人成为有品味的人，而坏的物质条件也不会遮蔽人精神的清明，一个人没有钱是值得同情的，一个人一生都不知道梅花的香气一样值得悲悯。

一个人的品质其实是与梅香相似，是无形的，是一种气息，我们如果光是赏花的外形，就很难知道梅花有极淡的清香；我们如果不能细心的体贴，也难以品味到一个人隐在外表内部人格的香气。

最可叹惜的是，很少有人能回观自我，品赏自己心灵的梅香，大部分人空过了一生，也没有体会到隐藏在心灵内部极幽微，但极清澈的自性的芳香。

能闻梅香的乞丐也是富有的人。

现在，让我们一起以一种庄严的心情，走到心灵的花园，放下一切的缠缚，狂心都歇，观闻从我们自性中流露的梅香吧！

素　质

很小很小的时候，我就感觉到花是非常奇怪的，因为在家院的庭前种了桂花、玉兰和夜来香，到了晚上，香气随风四散，流动在家屋四周，可是这些香花都是白色的。反而那些极美丽的花卉，像兰花、玫瑰之属，就没有什么香味了。

长大以后，才更发现这种截然不同的风格，凡香气极盛的花，桂花、玉兰花、夜来香、含笑花、水姜花、月桃花、百合花、栀子花、七里香，都是白色，即使有颜色也是非常素淡，而且它们开放的时候常是成群结队的，热闹纷繁。那些颜色艳丽的花，则都是孤芳自赏，每一枝只开出一朵，也吝惜着香气一般，很少有香味的。

“香花无色，色花不香”这真是一个惊人的发现；“素朴的花喜欢成群结队，美艳的花喜爱幽然独处”也是惊人的发现。依照植物学家的说法，白花为了吸引蜂蝶传播花粉，因此放散浓厚的芳香；美丽的花则不必如此，只要以它的颜色就能招蜂引蝶了。

我们不管植物学家的说法，就单以“香花无色，色花不香”就可以给我们许多联想，并带来人生的启示。

在人生里，每一个人都有其独特非凡的素质，有的香盛，有的色浓，很少很少能兼具美丽而芳香的，因此我们不必欣羡别人某些天生的素质，而要发现自我独特的风格。当然，我们的人生多少都有缺憾，这缺憾的哲学其实简单：连最名贵的兰花，恐怕都为自己不能芳香而落泪哩！这是对待自己的方法，也是面对自己缺憾还能自在的方法。

面对外在世界的时候，我们不要被艳丽的颜色所迷惑，而要进入事物的实相，有许多东西表面是非常平凡的，它的颜色也素朴，但只要我们让心平静下来，就能品察出它内部最幽深的芳香。

当然，艳丽之美有时也值得赞叹，只是它适于远观，不适于沉潜。

一个人在年轻的时候，很少能欣赏素朴的事物，却喜欢耀目的风华；但到了中年则愈来愈喜欢那些真实平凡的素质。例如选用一张桌子，青年多会注意到它的颜色与造型之美，中年人就比较注意它是紫擅木或乌心石的材质，至于外型与色彩就在其次了。

我时常有一种新的感怀，就是和一个人面对面说了许多话，仿佛一句话也没说；可是和另一个人面对面坐着，什么话也没说，就仿佛说了很多。人到了某一个年纪、某一个阶段，就能穿破语言、表情、动作，直接以心来相印了，也就是用素朴面对着素朴。

古印度人说，人应该把中年以后的岁月全部用来自觉和思索，以便找寻自我最深处的芳香。我们可能做不到那样，不过，假如一个人到了中年，还不能从心灵自然的散出芬芳，那就像白色的玉兰或含笑，竟然没有任何香气，一样的可悲了。

在每一个『一朝』中保有菩提，心田常开智慧之花，
否则，像竹子一样要等到临终才知道盛放，就来不及了。

一　朝

十二岁的时候，第一次读《红楼梦》，似懂非懂，读到林黛玉葬花的那一段，以及她的《葬花词》，里面有这样几句：

尔今死去侬收葬，未卜侬身何日丧？
侬今葬花人笑痴，他年葬侬知是谁？
试看春残花渐落，便是红颜老死时。
一朝春尽红颜老，花落人亡两不知！

那是我第一次感受到落花也会令人忧伤，而人对落花也像待人一样，有深刻的情感。那时当然不知道林黛玉的自伤之情胜过于花朵的对待，但当时也起了一点疑情，觉得林黛玉未免小题大作，花落了就是落了，有什么值得那样感伤，少年的我正是“侬今葬花人笑痴”那个笑她的人。

我会感到葬花好笑是有背景的，那时候父亲为了增加家用，在田里种了一亩玫瑰，因为农会的人告诉他，一定有那么一天，一朵玫瑰的价钱可以抵上一斤米。可惜父亲一直没有赶上一朵玫瑰一斤米的好时机，二十几年前的台湾乡下，根本不会有人神经到去买玫瑰来插。父亲的玫瑰是种得不错，却完全滞销，弄到最后懒得去采收了，一时也想不出改种什么，玫瑰田就荒置在那里。

我们时常跑到玫瑰田去玩，每天玫瑰花瓣，黄的、红的、白的落了一地，用竹扫把一扫就是一畚箕，到后来大家都把扫玫瑰田当成苦差事，扫好之后顺手倒入田边的旗尾溪，千红万紫的玫瑰花瓣霎时铺满河面，往下游流去，偶尔我也能感受到玫瑰飘逝的忧伤之美，却绝对不会痴到去葬花。

不只玫瑰是大片大片地落，在我们山上，春天到秋天，坡上都盛开着野百合、野姜花、月桃花、美人蕉，有时连相思树上都是一片白茫茫，风吹来了，花就不可计数的纷飞起来。山上的孩子看见落花流水，想的都是节气的改变，有时候压根儿不会想到花，更别说为花伤情了。

只有一次为花伤心的经验，是有一年父亲种的竹子突然有十几丛开花了，竹子花真漂亮，细致的、金黄色的，像满天星那样怒放出来，父亲告诉我们，竹子一开花就是寿限到了，花朵盛放之后，就会干枯，死去。而且通常同一母株育种的竹子会同时开花，母亲和孩子会同时结束生命。那时我每到竹林里看极美丽绝尘不可逼视的竹子花就会伤心一次，到竹子枯死的那一阵子，总会无端的落下泪来，不过，在父亲插下新枝后，我的伤心也就一扫而空了。

多几次感受到竹子开花这样的经验，就比较知道林黛玉不是神经，只是感受比常人敏锐罢了，也慢慢能感受到“昨宵庭外悲歌发，知是花魂与鸟魂？花魂鸟魂总难留，鸟自无言花自羞。愿侬此日生双翼，随花飞到天尽头。天尽头，何处有香丘？未若锦囊收艳骨，一抔净土掩风流，质本洁来还洁去，不教污淖陷渠沟。”那种借物抒情，反观自己的情怀。

长大一点，我更知道了连花草树木都与人有情感、有因缘，为花草树木伤春悲秋，欢喜或忧伤是极自然的事，能在欢喜或悲伤时，对境有所体会观照，正是一种觉悟。

最近又重读了《红楼梦》，就体会到花草原是法身之内，一朵花的兴谢与一个人的成功失败并没有两样，人如果不能回到自我，做更高智慧之追求，使自己明净而了知自然的变迁，有一天也会像一朵花一样在无知中凋谢了。

同时，看一片花瓣的飘落，可以让我们更深的感知无常，正如贾宝玉在山坡上听见黛玉的葬花诗“不觉恸倒山坡上，怀里兜的落花撒了一地”。那是他想到黛玉的花容月貌终有无可寻觅之时，又推想到宝钗、香菱、袭人亦会有无可寻觅之时，当这些人都无可寻觅，自己又安在呢？自身既不知何在何往，将来斯处、斯园、斯花、斯柳，又不知当属谁姓！

看看这种无常感，怎么能不恸倒在山坡上？我觉得，整部《红楼梦》就在表达“人生如梦”四字，这是一种无可如何的无常，只是借黛玉葬花来说，使我们看到了无常的焦点。《红楼梦》还有一支曲子，我非常喜欢，说的正是无常：

“为官的，家业凋零；富贵的，金银散尽；有恩的，死里逃生；无情的，分明报应。欠命的，命已还；欠泪的，泪已尽；冤冤相报自非轻，分离聚合皆前定，欲知命短问前生，老来富贵也真侥幸。看破的，遁入空门；痴迷的，枉送了性命；好一似，食尽鸟投林，落了片白茫茫大地真干净。”

从落花而知大地有情，这是体会；从葬花而知无常苦空，这是觉悟；从觉悟中知道万法了不可得，应该善自珍摄，不要空来人间一回，这就是最初步的菩提了。读《红楼梦》不也能使我们理解到青原惟信禅师说的：“三十年前见山是山，见水是水。及后亲见亲知，有个入处，见山不是山，见水不是水。如今得个休歇处，依旧见山只是山，见水只是水”的过程吗？

相传从前有一位老僧，经卷案头摆了一部《红楼梦》，一位居士去拜见他，感到十分惊异问他：“和尚也喜欢这个？”

老僧从容的说：“老僧凭此入道。”

这虽是传说，但也不无道理，能悟道的，黄花翠竹、吃饭睡觉、瓦罐瓶杓都会悟道了，何况是《红楼梦》！

虽然《红楼梦》和“悟道”没有必然关系，但只要时时保有菩提之心，保有反观的觉性，就能看出在言情之外言志的那一部分，也可以看到隐在小儿女情意背后那广大的空间。

知悉了大地有情、觉悟了无常苦空、体会了山水的真实、保有了清明的菩提，我们如何继续前行呢？正是“一朝春尽红颜老”的那个“一朝”，是“万古长空，一朝风月”的“一朝”，是知道“放弃今日就没有来日，不惜今生就没有来生”！是“此身不向今生度，更待何生度此身”！是“当下即是”！是“人圆即佛成”！

那么就在每一个“一朝”中保有菩提，心田常开智慧之花，否则，像竹子一样要等到临终才知道盛放，就来不及了。

我们试着在黑夜中检视自己生命的风格，便会知道自己是不是在走向圆成智慧之路。

一只毛虫的圆满

起居室的墙上，挂了一幅画家朋友陆咏送的画，画面上是一只丑丑的毛虫，爬在几株野草上，旁边有陆咏朴素的题字：

今日踽踽独行，
他日化蝶飞去。

我很喜欢这一幅画，那是因为美丽的蝴蝶在画上已经看得多了，美丽的花也不少，却很少人注意到蝴蝶的"前身"是毛虫，也很少人思考到花朵的"幼年时代"就是草，自然很少有画家以之入画，并给予赞美。

当我们看到毛虫的时候，可以说我们的内心有一种期许，期许它不要一辈子都那样子踽踽独行，而有化蝶飞去的一天。当我们看到毛虫的时候，内心里也多少有一些自况，梦想着能有美丽飞翔的一天。

小时候，我曾经养过一箱毛虫，所有的人看到毛虫都会恶心惊叫，但我不会，只因为我深信毛虫是美丽蝴蝶的幼年时代。每天去山间采嫩叶来喂食，日久习以为常，竟好像对待宠物一样。我观察到那些样子最丑的毛虫正是最美的蝴蝶幼虫，往往貌不惊人，在破茧时却七彩斑斓。

最记得是把蝴蝶从箱中放走的时刻，仿佛是一朵花飘向空中，到处都有生命美丽的香味。

对毛虫来说，美丽的蝴蝶是不是一种结局呢？从丑怪到美丽的蜕化是不是一种圆满呢？对人来说，结局何在？什么才是圆满？这些难以解答的问题，正是我说的自况了。

初生于世界的人，是不可能圆满的，原因是这个世界原就是不圆满的世界，感应道交，不圆满的人当然投生到不圆满世界，这乃是“因缘”所成。圆满的人，自然投生到佛的净土、菩萨世界了。

幸而，佛经里留了一个细缝，是说在不圆满世界也可能有圆满的人来投胎，凡圣可能同居，那是由于愿力的缘故，是先把自己的圆满隐藏起来，希望不圆满的人能很快找到圆满的路径，一起走向圆满之路。

“有圆满之愿，人人都能走向圆满。”我们可以这样说，这正是佛说“众生皆有如来智慧德相”的意思。

举一个简单的例子，我们来看几个人字旁的字，像“佛”、“仙”、“俗”。

仙，左人右山，意思是，人的心志如果一直往山上爬，最后就成仙了。

俗，左人右谷，意思是，人的心志如果往山谷堕落，最后就是粗俗的凡夫了。

佛，左边是人，右边是弗，弗有“不是”之意，佛字如果直接转成白话，是“不是人”的意思。“不是人”正是“佛”，这里面有极为深刻的寓意。当一个人的心志能往山上走，不断的转化，使一切负面的情绪都转化成正面的情绪，他就不是一般的人，而是觉行圆满的佛了。

成佛、成仙、成俗，都是由人做成的，人是一切的根基，人也是走向圆满的起点，这是为什么六祖慧能说：“一念觉，即是佛；一念迷，即是众生。”

从前读太虚大师的著作，他常说：“人圆即佛成”，那时不能深解，总是问：“为什么人圆满了就成佛呢？”当时觉得人要圆满不是难事，成佛却艰辛无比，年纪渐长才知道，原来，佛是“圆满的人”，并不是一个特别的称呼。

什么是圆满之境呢？试以佛的双足“智慧”与“慈悲”来说。

佛典里给佛智慧的定义是“妙观察智”、“平等性智”、“成所作智”、“大圆镜智”，如果把它放到最低标准，我们可以说圆满的智慧具有这样四种特质：一是善于观察世间的实相；二是能平等对待众生，因了知众生佛性平等之故；三是有生命的活力，所到之处，一切自然成就；四是有无比广大的风格，如大圆镜反映了世界的实相。

也可以说，假如有一个人想走向圆满，他要在智慧上有细腻的观察、平等亲切的对待、活泼有力的生命、广大无私的态度。我们试着在黑夜中检视自己生命的风格，便会知道自己是不是在走向圆成智慧之路。

慈悲的圆满境界则有两项标竿，一是无缘大慈，二是同体大悲。前者是对那些无缘的人也有给予快乐之心，是由于虽然无缘，也要广结善缘；后者是认识到自己并不是独存于世界，而是与世界同一趋向、同一境性，因此对整个世界的痛苦都有拯救拔除的心。

慈悲的检视也和智慧一样，要回来看自己的心，是不是与众生感同身受，是不是与世界同悲共苦？切望能共同走向无忧恼之境，如果于一个众生起一念非亲友的念头，那就可以证明慈悲不够圆满了。

因缘的究竟是渺不可知的，圆满的结局也杳不可知，但人不能因此而失去因缘成就、圆满实现的心愿。

一个人有坚强广大的心愿，则因缘虽遥，如风筝系线在手，知其始终；一个人有通向究竟的心愿，则圆满虽远，如地图在手，知其路径，汽车又已加满了油，一时或不能至，终有抵达的一天。

但放风筝、开汽车的乐趣，只有自心知，如果有人来问我关于圆满的事，我会效法古代禅师说：“喝茶时喝茶，吃饭时吃饭，睡觉时睡觉，说什么牢什子的圆满？”

这就像一条毛虫一样，生在野草之中，既不管春花之美，也不管蝴蝶飞过，只是简简单单的吃草，一天吃一点草，一天吃一点露水；上午受一些风吹，下午给一些雨打；有时候有闪电，有时候有彩虹；或者给鸟啄了，或者喂了螳螂；生命只是如是前行，不必说给别人听。只有在心里最幽微的地方，时时点着一盏灯，灯上写两行字：

今日踽踽独行，
他日化蝶飞去。

莲花与冰冻玫瑰

莲花

他们都爱莲花。

学生时代，他们一听到什么地方种了莲花，总是不辞路远跑去看莲花，常常坐在池塘岸边看莲看得痴迷，总觉得莲花不管什么样的情况都是美的。

初开的有初开的美，盛放的有盛放的美，即使那将残未谢的，也说不出有一种温柔而凄清的美丽。

有时候季节不对，莲花不开，也觉得莲叶有莲叶的清俊，莲蓬也有莲蓬的古朴。她常自问：为什么少女时代的眼中，莲花有着永远的美丽呢？后来知道也许是爱情的关系，在爱情里，看什么都是美的，虽然有时不知美在何处。

几次坐在池边，他总轻轻牵起她的手，低声的说："我们可以不要名利财富，以后只要在院子里种一池莲花，就那样的过一辈子。我可以在莲花池边为你写一辈子的诗。"

他甚至在私下把她的小名取做"莲花"，说是在他的眼中他永远看见一池的莲，而她的声音正像是莲花初放那一刻的声音。

学生时代他早就是小有名气的诗人了，每天至少写一首诗送她，有时一天写几首，那真像一池盛放的红莲，让她觉得是他的一池莲中最美的一朵。

但她不是唯一的一朵，她知道自己怀孕的时候，他正在外岛服役，她高兴的写信给他说："我们将会有一朵小莲花。"没想到从此却失去了他的消息。

最后，她把小莲花埋葬在妇科医院的手术台上。

她结婚以后，央求丈夫在前院里开了一个大池塘，种的就是莲花。她细心的无微不至的照顾那一池莲花，真正的看着莲花抽芽拔高，逐渐结出粉红色花苞；而那样纯粹专一的养着莲花，竟使她生出一种奇异的报复的情愫，每当工作累了后，她就从书房角落的锦盒取出他写过的一叠诗来，一边回味着当年看莲花的心情，一边就看着窗外暗影浮动的莲花，自己感觉到那些优美而雅嫩的诗句已随着当年的莲花在记忆里落葬，而眼前，正是一畦新莲，长在另一片土地上，开在另一种心情上。

有时未免落下泪来，为的是她竟默默在实践着少年时代他所留下来的誓言，唯一慰藉自己的是：他讲这誓言的当时应该是充满真挚的吧。

她有着一种无比的母亲的宽容，逐渐地原谅他的离去，她感觉自己的宽容，像水面的莲叶那样巨大，可以覆盖池中游着的鲤鱼。

她手植的莲花终于完全盛开了，她的丈夫也为此而惊叹起来，对她说："我听说，莲花是很难种植的花，必须有无比的坚忍和爱才能种起来，没想到你真的种成了。"她微笑着，默默饮着去年刚酿成的红葡萄酒，丈夫初尝她做的酒，对着满院的莲花说："你这酒里放的糖太少了，有点酸哩！今年可要多放点糖。"她也只是笑，做这酒时有一点恶戏的心情，就像她种莲花时的心境一样。

莲花结成莲蓬，她收成的时候，手禁不住微微的抖颤着，黑色的莲蓬坚实的保卫着自己心中的种子。她用小刀把莲蓬挑开，将那晶莹如白玉的莲子一粒粒的挖出来，放在收藏他的诗信的锦盒上，莲子那样清洁那样纯净，就像珠贝里挖出的珍珠，在灯光下，有一种处女的美丽，还流动着莲花的清明的血。

她没有保存那些莲子，却炖了一锅莲子汤，放了许多许多的冰糖，等待丈夫回来。

丈夫只喝了一口，就噗哧吐了一地，深深皱着眉头问她："这莲子汤怎么苦成这样？"她受惊的，赶忙喝了一口莲子汤，硬生生的吞了下去，一股无以形容的苦流过她的舌尖，流过喉咙，而在小腹里燃烧。

看她受惊，丈夫体贴的牵起她的手说："莲子里有莲心的，莲心是世上最苦的东西，要先剥开莲子，取出莲心，才可以煮汤。"

她捞起一颗莲子剥开，果然发现翠绿色的莲心，像一条虫蛰伏在莲子里面，为此她深深的自责起来，为什么以前她竟不知世上有莲心这种东西。

丈夫拿起桌上的莲心说："也有人用莲子来形容爱情，爱情表面上看起来是莲子一样，洁白、高贵、清纯，可是剥开以后，有细细的莲心，是世上最苦的东西。如果永远不去吃它，不剥开它，莲子真是世界上最美的果实呢！"

她终于按捺不住，哇啦一声痛哭起来，腹中莲子汤的苦汁翻涌的成为她的泪水。那时候她才知道她永远不会忘记陪她看过莲花的人，那个人不只带她看了莲花，还让她是莲子里那一条细长的莲心，十几年后还饮着自己生命的苦汁。

冰冻玫瑰

他认识一个长辈，五十余岁的人了，看起来像刚三十岁的少妇，她的脸还有少妇一样光灿的神采，由于擅于保养的关系，她的身材还维持着可能在他还没有出生以前就有的身材。

每次去看她的时候，他就真正知道时间和岁月并不是多么可怕的东西，总还有抗衡的余地。她是战胜了时间，至少，是和时间拔河，而后来二十年并没有失去。

她独自居住在一栋巨大的房子里，他每次去，看她坐在窗口，阳光从她脸上抚过，觉得她真是有一种不可言喻的美，不只她的脸美丽一如少妇，她的眼睛格外有闪亮的光华，只是她微微布着皱纹的唇角有一种智慧，是少妇不可能有的，虽然他并不明白那是如何的智慧。

她常常请他去谈艺术，喝着她从国外带回来的伏特加酒，那酒看起来清淡如水，饮着，微微有一种苦意，喝入腹中则浓浓的烧炙起来，可以感觉它在血管中流动的速度。他是善饮的人，因此总是劝她少量的饮，但她饮了酒以后却生出一种连少妇都不能有的明媚，一如少女，谈着她对人生未来的期待，她还没有完成的艺术之梦，她对情爱的憧憬。听着的时候总令他忘记她的年纪，深深的为未来的美而感动不已。

有一天清晨，他去探望她，路过一家花店，看到红色的玫瑰开得正盛，就挑了九十九朵玫瑰去送给她，对她说："青春长久。"她接过玫瑰后默然不语，把它们插在一个巨大的盆子里。然后他们坐在玫瑰花边，她涌出明亮的泪水，对他说："已经有十年，没有人送过我玫瑰花了。"

她流着泪，说起了她的一生，三次失败的婚姻，十余次还可以记忆的爱情，以及数千个寂寞凄清的异国之夜，说到最后，她幽幽的说："我的大儿子正好和你同年，看到你，我总是想起自己的孩子。"他陪着她饮完一整瓶伏特加酒，自己的脸上爬满了泪痕，他们相拥痛哭，她拍着他的肩说："孩子，不要哭，孩子，不要哭……"声音喃喃，犹如清晨破窗而入的阳光。

她擦干泪水，微笑的对他说："青春不是玫瑰，青春是伏特加酒，看起来不怎么样，喝光的时候，才知道它的后劲蛮强的。你是送我玫瑰花的孩子，我会永远记念着你。"她醉了，靠在窗口睡着了，他不敢惊动她，看着她泪痕犹湿的侧脸，好像自己已经陪着她，从她的幼年时代，一齐经历了一个大时代的变乱，还有无数充满了美丽和哀愁的故事。她像他的母亲一样，带他走过了一个巨大的园林，看到许多尚未愈合的伤口，这些伤口，他们认识五年，她从来没有说过，仅仅是一束玫瑰花，每一朵都有一个故事。

隔了一个星期，他去看她。她进屋不久端出来一盆玫瑰，是他送给她的，却还鲜新如昔，花瓣上还有初摘时一样的水珠，她说：“你看，你带来的玫瑰还没有谢哩！”他惊奇地说：“呀！没有玫瑰能维持这么久。”

“我把它冰在冰箱里，在冰箱里的玫瑰可以活两个星期以上。”她微笑着说：“你看我的时候，是不是觉得我永远不会老？不是的，我只是冰冻起来，把我的青春和爱情冰冻起来，让它不致于变化，但是再长就不行了，在冰箱里的玫瑰，放久了，也会谢的。”

那一刻，他才体会到她真是老了，一个年轻的少女不会有把玫瑰冰冻起来的心思，那样无奈，那样绝望。

她似乎猜中他的心思，对他说：“其实，我最后的岁月这样准备着：我还要轰轰烈烈地爱一次，我少女的时候曾爱过，但不知道怎么去爱，后来我知道了怎么去爱，我已经过了中年。现在如果我有一次新的爱情，我全心全意的，把整个人生奉献出去，当这个心愿完成的时候，我一定会在一夜间死去，中年人真心的去爱是会耗尽心力的。就像一株竹子，每一株竹子一生只准备开一次花，年轻的时候，竹子不知道怎么开花，等到它会开花的时候就一次怒放，开完花就死去了。”

他们谈到了爱情，她的结论是这样简单：一个人一生真正的爱只有一次，我觉得我的那一次还没有到来。

他终于知道她为什么总也不老的原因，那是她把二十年的青春冰冻起来，准备着最后一次的殉情，所以她不会老。他知道：她在他的心里是永远不会老的。

后来她出国了，他路过她的住家附近时，总是为她祈祷，为着青春与爱的不死祈祷。想念她时就记起她说的：“一朵昙花只开三小时，但人人记得它的美，一片野花开了一生，却没有人知道它们，宁可做清夜里教人等待的昙花，不要做白日寂寞死去的野花。”

只是在生命的起落之间，要人永远保有“快乐无忧”的心境是何其不易，那是远远越过了凡尘的青山与溪河的胸怀。

垂丝千尺，意在深潭

现代诗人周梦蝶，他吃饭很慢很慢，有时吃一顿饭要两个多小时，有一次我问他“你吃饭为什么那么慢呢？”

他说：“如果我不这样吃，怎么知道这一粒米与下一粒米的滋味有什么不同。”

我从前不知道他何以能写出那样清新空灵、细致无比的诗歌，听到这个回答时，我完全懂了，那是来自心灵细腻的品味，有如百千明镜鉴像，光影相照，使我们看见了幸福原是生活中的花草，粗心的人践花而过，细心的人怜香惜玉罢了。

这正是黄龙慧南说的：“高高山上云，自卷自舒，何亲何疏；深深涧底水，遇曲遇直，无彼无此。众生日用如云水，云水如然人不尔。若得尔，三界轮回何处起？”

也是克勤圆悟说的：“三百六十骨节，一一现无边妙身；八万四千毛端，头头彰宝王刹海。不是神通妙用，亦非法尔如然，苟能千眼顿开，直是十方坐断！”

众生在生活里的事物就像云水一样，云水如此，只是人不能自卷自舒、遇曲遇直，都保持幸福之状。保有幸福不是什么神通，只看人能不能千眼顿开，有一个截然的面对。

“垂丝千尺，意在深潭。”我们若想得到心灵真实的归依处，使幸福有如电灯开关，随时打开，就非时时把品味的丝线放到千尺以上不可。

人间的困厄横逆固然可畏，但人在横逆困厄之际，没有自处之道，不能找到幸福的开关才是最可怕的。因为这世界的困境牢笼不光为我一个人打造，人人皆然，为什么有的人幸福，有的人不幸，实在值得深思。

我有一位朋友，是一家大公司的经理，有一天，我约他去吃番薯稀饭，他断然拒绝了。

他说：“我从小就是吃番薯稀饭长大的，十八岁那一年我坐火车离开彰化家乡，在北上的火车上我对天发誓：这一辈子我宁可饿死，也不会再吃番薯稀饭了。”

我听了怔在当地。就这样，他二十年没有吃过一口番薯，也许是这样决绝的志气与誓愿，使他步步高升，成为许多人欣羡的成功者。不过，他的回答真是令我惊心，因为在贫困岁月抚养我们成长的番薯是无罪的呀！

当天夜里，我独自去吃番薯稀饭，觉得这被目为卑贱象征的地瓜，仍然滋味无穷，我也是吃番薯稀饭长大的，但不管何时何地吃它，总觉得很好，充满了感恩与幸福。

走出小店，仰望夜空的明星，我听到自己步行在暗巷中清晰而渺远的足音，仿佛是自己走在空谷之中，我知道，我们走过的每一步不一定是完美的，但每一步都有值得深思的意义。

只是，空谷足音，谁愿意驻足聆听呢？

求　好

有好多人喜欢讲生活品质，他们认为花的钱多、花得起钱就是生活品质了。

于是，有愈来愈多的人，在吃饭时一掷万金，在买衣时一掷万金，拼命的挥霍金钱，当我们问他为什么要如此，他的答案是理直气壮的——“为了追求生活品质！为了讲究生活品质！”

生活？品质？

这两样东西到底意味着什么呢？

如果说有钱能满足许多的物质条件就叫生活品质，是不是所有的富人都有生活品质，而穷人就没有生活品质呢？

如果说受教育就会有生活品质，是不是所有的大学生都有生活品质，没受教育的人就没有生活品质呢？

如果说都市才有生活品质，是不是乡下人就没有生活品质呢？是不是所有的都市人都有生活品质呢？

答案都是否定的，可见生活品质乃不是某一阶层、某一地区，或甚至某一时代的专利。古人也可以有生活品质，穷人、乡下人、工匠、农夫都可以有生活品质。因为，生活品质是一种求好的精神，是在一个有限的条件下寻求该条件最好的风格与方式，这才是生活品质。

工匠把一张桌子椅子做到最完美而无懈可击的地步，是生活品质。

农夫把稻田中的稻子种成最好的收成，是生活品质。

穷人买一个馒头果腹，知道同样的五块钱在何处可以买到最好品质的馒头，是生活品质。

家庭主妇买一块豆腐，花最便宜的钱买到最好吃的豆腐，是生活品质。

整个社会都能摒弃那不良的东西，寻求最好的可能，这个社会就会有生活品质了。因此，我们对生活品质最大的忧虑，乃不是小部分人的品味不良，而是大部分人失去求好的精神了。

在一个失去求好精神的社会里，往往使人误以为摆阔、奢靡、浪费就是生活品质，逐渐失去了生活品质的实相。进而使人失去对生活品质的判断力，只好追逐名牌，用有名的香水、服装、皮鞋，以至名建筑师盖的房子，来肯定自我的生活品质，这是为什么现代社会名牌泛滥的原因。

有钱人从头到脚，从房子到汽车，从音响到电视用的都是名牌，那些名牌多得让人忘记了自己的名字。

一般人欣羡之余，心生卑屈，以为那是生活品质，于是想尽方法不择手段去追求“生活品质”，甚至弄到心力交瘁、含恨而死。君不见被警察抓到的大流氓乃至小妓女，戴劳力士，开进口车，全身都是名牌吗？

真正的生活品质，是回到自我，清楚衡量自己的能力与条件，在这有限的条件下追求最好的事物与生活。再进一步，生活品质是因长久培养了求好的精神，因而有自信、有丰富的心胸世界；在外，有敏感直觉找到生活中最好的东西；在内，则能居陋巷而依然能创造愉悦多元的心灵空间。

生活品质就是如此简单；它不是从与别人比较中来的，而是自己人格与风格求好精神的表现。

横过十字街口

黄昏走到了尾端，光明正以一种难以想象的速度自大地撤离，我坐在车里等红绿灯，希望能在黑夜来临前赶回家。

在匆忙地通过斑马线的人群里，我们通常不会去注意行人的姿势，更不用说能看见行人的脸了，我们只是想着，如何在绿灯亮起时，从人群前面呼啸过去。

就在行人的绿灯闪动、黄灯即将亮起的一刻，从斑马线的一端出现了一个特别的人影，打破了一整个匆忙的画面。那是一个中年的极为苍白细瘦的妇人，她得了什么病我并不知道，但那种病偶尔我们会在街角的某一处见到，就是全身关节全部扭曲，脸部五官通通变形，不管走路或停止的时候，全身都在甩动的那一种病。

那个妇人的不同是，她病得更重，她全身扭成很多褶，就好像我们把一张硬纸揉皱丢在垃圾桶，捡起来再拉平的那个样子。她抖得非常厉害，如同冬天在冰冷的水塘捞起来的猫抽动着全身。

当她走起来的时候，我的眼泪不能自禁地顺着眼角流了下来。

我不知道自己为何落泪，但我宁可在眼前的这个妇人不要走路，她每走一步就往不同的方向倾倒过去，很像要一头栽到地上，而又勉力地抖动绞扭着站起，再往另一边倾倒过去。她全身的每一根骨头、每一条筋肉都不能平安的留在应该在的地方，而她的每一举步之艰难，就仿佛她的全身都要碎裂在人行道上。她走的每一步，都使我的心全部碎裂又重新组合，我从来没有在一个陌生人的身上，经验过那种重大的无可比拟的心酸。

那妇人，她的手还努力地抓住一条绳子，绳子的另一端系在一条老狗的颈上，狗比她还瘦，每一根肋骨都从松扁的肚皮上凸了出来，而狗的右后脚折断了，吊在腿上，狗走的时候，那条断脚悬在虚空中摇晃。但狗非常安静有耐心的跟着主人，缓缓移动。这是多么令人惊吓的景象，仿佛把全世界的酸楚与苦痛都在一刹那间，凝聚在病妇与跛狗的身上。

她们一步步踩着我的心走过，我闭起眼睛，也不能阻住从身上每一处血脉所涌出的泪。

我这条路上的绿灯亮了，但没有一个驾驶人启动车子，甚至没有人按喇叭，这是极少有的景况。在沉寂里，我听见了虚空无数的叹息与悲悯，我相信面对这幅景象，世上没有一个人忍心按下喇叭。

妇人和狗的路上红灯亮了，使她显得更加惊慌，她更着急地想横越马路，但她的着急只能从她的艰难和急切的抖动中看出来，因为不管她多么努力，她的速度也没有增加。从她的脸上也看不出什么，因为她的五官没有一个在正确的位置上，她一着急，口水竟从嘴角涎落了下来。

我们足足等了一个新的红绿灯，直到她跨上对街的红砖道，才有人踩下油门，继续奔赴到目的地去，一时之间，众车怒吼，呼啸通过。这巨大的响声，使我想起刚刚那一刻，在和平西路的这一个路口，世界是全然静寂无声的，人心的喧闹在当时当地，被苦难的景象压迫到一个无法动弹的角落。

我刚过那个路口不久，天色就整个黯淡下来，阳光已飘忽到不可知的所在，回到家，我脸上的泪痕还未完全干去。坐在饭桌前面，我一口饭也吃不下，心里全是一个人牵着一条狗从路口，一步一步，倾斜颠踬地走过。

这个世界的苦难，总是不时地从我们四周跑出来，我们意识到苦难，却反而感知了自己的渺小、感知了自己的无力。我们心心念念想着，要拯救这个世界的心灵，要使人心和平清净，希望众生都能从苦痛的深渊超拔出来，走向光明与幸福；然而，面对着这样瘦小变形的妇人与她的老弱跛足的狗时，我们能做什么呢？世界能为她做什么呢？

我感觉，在无边的黑暗里，我们只是寻索着一点点光明，如果我们不紧紧踩着光明前进，马上就会被黑暗淹没。我想起《楞严经》里的一段，佛陀问他的弟子阿难："眼盲的人和明眼的人处在黑暗里，有什么不同呢？"

阿难说："没有什么不同。"

佛陀说："不同，眼盲的人在黑暗里什么也看不见，但明眼的人在黑暗里看见了黑暗，他看见光明或黑暗都是看见，他的能见之性并没有减损。"

我看见了，但我什么也不能做，我帮不上一点黑暗的忙，这是使我落泪的原因。

夜里，我一点也不能进入定境，好像自己正扭动颤抖地横过十字街口，心潮澎湃难以静止，我没有再落泪，泪在全身的血脉中奔流。

第五辑

人间有味是清欢

自己发现一些毫不起眼的东西，
有惊艳的感觉，
并慢慢品味出一种哲学，
正如我常说的，
好东西不一定贵，
平淡的东西也自有滋味。

清雅食谱

有时候生活清淡到自己都吃惊起来了。

尤其对食物的欲望差不多完全超脱出来，面对别人都认为是很好的食物，一点也不感到动心。反而在大街小巷里自己发现一些毫不起眼的东西，有惊艳的感觉，并慢慢品味出一种哲学，正如我常说的，好东西不一定贵，平淡的东西也自有滋味。

在台北四维路一条阴暗的巷子里，有好几家山东老乡开的馒头铺子，说是铺子是由于它实在够小，往往老板就是掌柜，也是蒸馒头的人。这些馒头铺子，早午各开笼一次，开笼的时候水气弥漫，一些嗜吃馒头的老乡早就排队等在外面了。

热腾腾、有劲道的山东大馒头，一个才五块钱，那刚从笼屉被老板的大手抓出来的馒头，有一种传统乡野的香气，非常的美味，也非常之结实，寻常一般人一餐也吃不了这样一个馒头。我是把馒头当点心吃的，那纯朴的麦香令人回味，有时走很远的路，只是去买一个馒头。

这巷子里的馒头大概是台北最好的馒头了，只可惜被人遗忘。有的馒头店兼卖素油饼，大大的一张，可蒸、可煎、可烤，和稀饭吃时，真是人间美味。

说到油饼，在顶好市场后面，有一家卖饺子的北平馆，出名的是“手抓饼”，那饼烤出来时用篮子盛着，饼是整个挑松的，又绵又香，用手一把一把抓着吃。我偶尔路过，就买两张饼回家，边喝水仙茶，抓着饼吃，如果遇到下雨的日子，就更觉得那抓饼有难言的滋味，仿佛是雨中青翠生出的嫩芽一样。

说到水仙茶，是在信义路的路摊寻到的，对于喝惯了茉莉香片的人，水仙茶更是往上拔高，如同坐在山顶上听瀑，水仙入茶而不失其味，犹保有洁白清香的气质，没喝过的人真是难以想像。

水仙茶是好，有一个朋友做的冻顶豆腐更好。他以上好的冻顶乌龙茶清焖硬豆腐，到豆腐成金黄色时捞起来，切成一方一方，用白瓷盘装着，吃时配着咸酥花生，品尝这样的豆腐，坐在大楼里就像坐在野草地上，有清冽之香。

有时食物也能像绘画中的扇面，或文章里的小品，音乐里的小提琴独奏，格局虽小，慧心却十分充盈。冻顶豆腐是如此，在南门市场有一家南北货行卖的“桂花酱”也是如此，那桂花酱用一只拇指大的小瓶装着，真是小得不可思议，但一打开桂花香猛然自瓶中醒来，细细的桂花瓣还像活着，只是在宝瓶里睡着了。

桂花酱可以加在任何饮料或茶水里，加的时候以竹签挑出一滴，一杯水就全被香味所濡染，像秋天庭院中桂花盛放时，空气都流满花香。我只知道桂花酱中有蜜、有梅子、有桂花，却不知如何做成，问到老板，他笑而不答。“莫非是祖传的秘方吗？”心里起了这样的念头，却也不想细问了。

桂花酱如果是工笔，“决明子”就是写意了。在仁爱路上有时会遇到一位老先生卖“决明子”，挑两个大篮用白布覆着，前一篮写“决明子”，后一篮写“中国咖啡”。卖的时候用一只长长的木杓，颇有古意。

听说“决明子”是山上的草本灌木，籽熟了以后热炒，冲泡有明目滋肾的功效，不过我买决明子只是喜欢老先生买卖的方式，并且使我想起幼年时代在山上采决明子的情景。在台湾乡下，决明子唤作“米仔茶”，夏夜喝的时候总是配着满天的萤火入喉。

对于能想出一些奇特的方法做出清雅食物的人，我总感到佩服。在师大路巷子里有一家卖酸酪的店，老板告诉我，他从前实验做酸酪时，为了使乳酪发酵，把乳酪放在锅中，用棉被裹着，夜里还抱着睡觉，后来他才找出做酸酪最好的温度与时间。他现在当然不用棉被了，不过他做的酸酪又白又细，真像棉花一般，入口成泉，若不是早年抱棉被，恐怕没有这种火候。

那优美的酸酪要配什么呢？八德路一家医院餐厅里卖的全黑麦面包，或是绝配。那黑麦面包不像别的面包是干透的，里面含着一些有浓香的水分，有一次问了厨子，才知道是以黑麦和麦芽做成，麦芽是有水分的，才使那里的黑麦面包一枝独秀，想出加麦芽的厨子，胸中自有一株麦芽。

食物原是如此，人总是选着自己的喜好，这喜好往往与自己的性格和本质十分接近，所以从一个人的食物可以看出他的人格。

但也不尽然，在通化街巷里有一个小摊，摆两个大缸，右边一缸卖“蜜茶”，左边一缸卖“苦茶”，蜜茶是甜到了顶，苦茶是苦到了底，有人爱甜，却又有人爱那样的苦。

“还有一种人，他先喝一杯苦茶，再喝一杯蜜茶，两种都要尝尝。”老板说，不过他也笑了：“可就没看过先喝蜜茶再喝苦茶的人，可见世人都爱先苦后甘，不喜欢先甘后苦吧！”

后来，我成了第一个先喝蜜茶，再喝苦茶的人，老板着急地问我感想如何？

“喝苦茶时，特别能回味蜜茶的滋味。”我说，我们两人都大笑起来。

旁边围观的人都为我欢欣的鼓掌。

从一个人的食物可以看出他的人格。

茶香一叶

在坪林乡，春茶刚刚收成结束，茶农忙碌的脸上才展开了笑容，陪我们坐在庭前喝茶，他把那还带着新焙炉火气味的茶叶放到壶里，冲出来一股新鲜的春气，溢满了一整座才刷新不久的客厅。

茶农说："你早一个月来的话，整个坪林乡人谈的都是茶，想的也都是茶，到一个人家里总会问采收得怎样？今年烘焙得如何？茶炒出来的样色好不好？茶价好还是坏？甚至谈天气也是因为与采茶有关才谈它，直到春茶全采完了，才能谈一点茶以外的事。"听他这样说，我们都忍不住笑了，好像他好不容易从茶的影子走了出来，终于能做一些与茶无关的事情，好险！

慢慢的，他谈得兴起，把一斤三千元的茶也拿出来泡了，边倒茶边说："你别小看这一斤三千元的茶，是比赛得奖的，同样的品质，在台北的茶店可能就是八千元的价格。在我们坪林，一两五十元的茶算是好茶了，可是在台北一两五十元的茶里还掺有许多茶梗子。"

"一般农民看我们种茶的茶价那么高，喝起茶来又是慢条斯理，觉得茶农的生活满悠闲的，其实不然，我们忙起来的时候比任何农民都要忙。"

"忙到什么情况呢？"我问他。

他说，茶叶在春天的生长是很快的，今天要采的茶叶不能留到明天，因为今天还是嫩叶，明天就是粗叶子，价钱相差几十倍，所以赶清晨出去一定是采到黄昏才回家，回到家以后，茶叶又不能放，一放那新鲜的气息就没有了，因而必须连夜烘焙，往往工作到天亮，天亮的时候又赶着去采昨夜萌发出来的新芽。

而且这种忙碌的工作是全家总动员，不分男女老少。在茶乡里，往往一个孩子七、八岁时就懂得采茶和炒茶了，一到春茶盛产的时节，茶乡里所有孩子全在家帮忙采茶炒茶，学校几乎停顿，他们把这一连串为茶忙碌的日子叫“茶假”——但孩子放茶假的时候，比起日常在学校还要忙碌得多。

主人为我们倒了他亲手种植和烘焙的茶，一时之间，茶香四溢。文山包种茶比起乌龙还带着一点溪水清澈的气息，乌龙这些年被宠得有点像贵族了，文山包种则还带着乡下平民那种天真纯朴的亲切与风味。

主人为我们说了一则今年采茶时发生的故事。他由于白天忙着采茶、分茶，夜里还要炒茶，忙到几天几夜都不睡觉，连吃饭都没有时间，添一碗饭在炒茶的炉子前随便扒扒就解决了一餐，不眠不休地工作只希望今年能采个好价钱。

“有一天采茶回来，马上炒茶，晚餐的时候自己添碗饭吃着，扒了一口，就睡着了，饭碗落在地上打破都不知道，人就躺在饭粒上面，隔一段时间梦见茶炒焦了，惊醒过来，才发现嘴里还含着一口饭，一嚼发现味道不对，原来饭在口里发酵了，带着米酒的香气。”主人说着说着就笑起来了，我却听到了笑声背后的一些心酸。人忙碌到这种情况，真是难以想象，抬头看窗外那一畦畦夹在树林山坡间的茶园，即使现在茶采完了，还时而看见茶农在园中工作的身影，在我们面前摆在壶中的茶叶原来不是轻易得来。

主人又换了一泡新茶，他说：“刚喝的是生茶，现在我泡的是三分仔（即炒到三分的熟茶），你试试看。”然后他从壶中倒出了黄金一样色泽的茶汁来，比生茶更有一种古朴的气息。他说：“做茶的有一句话，说是‘南有冻顶乌龙，北有文山包种’，其实，冻顶乌龙和文山包种各有各的胜场，乌龙较浓，包种较清，乌龙较香，包种较甜，都是台湾之宝，可惜大家只熟悉冻顶乌龙，对文山的包种茶反而陌生，这是很不公平的事。”

对于不公平的事，主人似有许多感慨，他的家在坪林乡山上的渔光村，从坪林要步行两个小时才到，遗世而独立地生活着，除了种茶，闲来也种一些香菇，他住的地方在海拔八百公尺高的地方，为什么选择住这样高的山上？“那是因为茶和香菇在越高的地方长得越好。”

即使在这么高的地方，近年来也常有人造访，主人带着乡下传统的习惯，凡是有客人来总是亲切招待，请喝茶请吃饭，临走还送一点自种的茶叶。他说：“可是有一次来了两个人，我们想招待吃饭，忙着到厨房做菜，过一下子出来，发现客厅的东西被偷走了一大堆，真是令人伤心哪！人在这时比狗还不如，你喂狗吃饭，它至少不会咬你。”

主人家居不远的地方，有北势溪环绕，山下有一个秀丽的大舌湖，假日时候常有青年到这里露营，青年人所到之处，总是垃圾满地，鱼虾死灭，草树被践踏，然后他们拍拍屁股走了，把苦果留给当地居民去尝。他说：“二十年前，我也做过青年，可是我们那时的青年好像不是这样的，现在的青年几乎都是不知爱惜大地的，看他们毒鱼的那种手段，真是令人毛骨悚然，这里面有许多还是大学生。只要有青年来露营，山上人家养的鸡就常常失踪，有一次，全村的人生气了，茶也不采了，活也不做了，等着抓偷鸡的人，最后抓到了，是一个大学生，村人叫他赔一只鸡一万块，他还理直气壮的问：天下那有这么贵的鸡？我告诉他说：一只鸡是不贵，可是为了抓你，每个人本来可以采一千五百元茶叶的，都放弃了，为了抓你，我们已经损失好几万了。”

这一段话，说得在座的几个茶农都大笑起来。另一个老的茶农接着说：“像文山区是台北市的水源地，有许多台北人就怪我们把水源弄脏了，其实不是，我们更需要干净的水源，保护都来不及，怎么舍得弄脏？把水源弄脏的是台北人自己，每星期有五十万个台北人到坪林来，人回去了，却把五十万人份的垃圾留在坪林。”

在山上茶农的眼中，台北人是骄横的、自私的、不友善的、任意破坏山林与溪河的一种动物，有一位茶农说得最幽默：“你看台北人自己把台北搞成什么样子，我每次去，差一点窒息回来！一想到我们辛辛苦苦种出来的最好的茶要给这样的人喝，心里就不舒服。”

谈话的时候，他们几乎忘记了我是台北来客，纷纷对这个城市抱怨起来。在我们自己看来，台北城市的道德、伦理、精神只是出了问题；但在乡人的眼中，这个城市的道德、伦理、精神是几年前早就崩溃了。

主人看看天色，估计我们下山的时间，泡了今春他自己烘焙出来最满意的茶，那茶还有今年春天清凉的山上气息，掀开壶盖，看到原来卷缩的茶叶都伸展开来，感到一种莫名的欢喜，心里想着，这是一座茶乡里一个平凡茶农的家，我们为了品早春的新茶，老远跑来，却得到了许多新的教育，原来就是一片茶叶，它的来历也是不凡的，就如同它的香气一样是不可估量的。

从山上回来，我每次冲泡带回来的茶叶，眼前仿佛浮起茶农扒一口饭睡着的样子，想着他口中发酵的一口饭，说给朋友听，他们一口咬定：“吹牛的，不相信他们可能忙到那样，饭含在口里怎么可能发酵呢？”我说：“如果饭没有在口里发酵，那里编得出来这样的故事呢？”朋友哑口无言。

然后我就在喝茶时反省的自问：为什么我信任只见过一面的茶农，反而超过我相交多年的朋友呢？

疑问就在鼻息里化成一股清气，在身边围绕着。

看见那清寂与空静之美。

不是茶

日本茶道大师千利休，是日本无人不晓的历史人物，他的家教非常成功，千利休家族传了十七代，代代都有茶道名师。

千利休家族后来成为日本茶道的象征，留下来的故事不计其数，其中有三个故事我特别喜欢。

千利休到晚年时，已经是公认的伟大茶师，当时掌握大权的将军秀吉特地来向他求教饮茶的艺术，没想到他竟说饮茶没有特别神秘之处，他说："把炭放进炉子里，等水开到适当程度，加上茶叶使其产生适当的味道。按照花的生长情形，把花插在瓶子里。在夏天的时候使人想到凉爽，在冬天的时候使人想到温暖，没有别的秘密。"

发问者听了这种解释，便带着厌烦的神情说，这些他早已知道了。千利休厉声的回答说："好！如果有人早已知道这种情形，我很愿意做他的弟子。"

千利休后来留下一首有名的诗，来说明他的茶道精神：

先把水烧开，
再加进茶叶，

然后用适当的方式喝茶，
那就是你所需要知道的一切，
除此以外，茶一无所有。

这是多么动人，茶的最高境界就是一种简单的动作、一种单纯的生活，虽然茶可以有许多知识学问，在喝的动作上，它却还原到非常单纯有力的风格，超越了知识与学问。也就是说，喝茶的艺术不是一成不变的，随着每个人的个性与喜好，用自己“适当的方式”，才是茶的本质。如果茶是一成不变，也就没有“道”可言了。

另一个动人的故事是关于千利休教导他的儿子。日本人很爱干净，日本茶道更有着绝对一尘不染的传统，如何打扫茶室因而成为茶道艺术极重要的传承。

传说当千利休的儿子正在洒扫庭园小径时，千利休坐在一旁看着。当儿子觉得工作已经做完的时候，他说：“还不够清洁。”儿子便出去再做一遍，做完的时候，千利休又说：“还不够清洁。”这样一而再，再而三的做了许多次。

过了一段时间，儿子对他说：“父亲，现在没有什么事可以做了。石阶已经洗了三次，石灯笼和树上也洒过水了，苔藓和地衣都披上了一层新的青绿，我没有在地上留下一根树枝和一片叶子。”

“傻瓜，那不是清扫庭园应该用的方法。”千利休对儿子说，然后站起来走入园子里，用手摇动一棵树，园子里霎时间落下许多金黄色和深红色的树叶，这些秋锦的断片，使园子显得更干净宁谧，并且充满了美与自然，有着生命的力量。

千利休摇动的树枝，是在启示人文与自然和谐乃是环境的最高境界，在这里也说明了一位伟大的茶师是如何从茶之外的自然得到启发。如果用禅意来说，悟道者与一般人的不同也就在此，过的是一样的生活，对环境的观照已经完全不一样，他能随时取得与环境的和谐，不论是秋锦的园地或瓦砾堆中都能创造泰然自若的境界。

还有一个故事是关于千利休的孙子宗旦，宗旦不仅继承了父祖的茶艺，对禅也极有见地。

有一天，宗旦的好友京都千本安居院正安寺的和尚，叫寺中的小沙弥送给宗旦一枝寺院中盛开的椿树花。

椿树花一向就是极易掉落的花，小沙弥虽然非常小心的捧着，花瓣还是一路掉下来，他只好把落了的花瓣拾起，和花枝一起捧着。

到宗旦家的时候，花已全部落光，只剩一枝空枝，小沙弥向宗旦告罪，认为都是自己粗心大意才使花落下了。

宗旦一点也没有怨怪之意，并且微笑地请小沙弥到招待贵客的“今日庵”茶席上喝茶。宗旦从席床上把祖父千利休传下来名贵的国城寺花筒拿下来，放在桌上，将落了花的椿树枝插于筒中，把落下的花散放在花筒下，然后他向空花及空枝敬茶，再对小沙弥献上一盅清茶，谢谢他远道赠花之谊，两人喝了茶后，小沙弥才回去向师父覆命。

宗旦是表达了一个多么清朗的境界！花开花谢是随季节变动的自然，是一切的“因”；小和尚持花步行而散落，这叫做“缘”、无花的椿枝及落了的花，一无价值，这就是“空”。

从花开到花落，可以说是“色即是空”，但因宗旦能看见那清寂与空静之美，并对一切的流动现象，以及一切的人抱持宽容的敬意，他把空变成一种高层次的美，使“色即是空”变成“空即是色”。

对于看清因缘的人，“色不异空”、“空不异色”也就不是那么难以领会了。

老和尚、小沙弥、宗旦都知道椿树花之必然凋落，但他们都珍惜整个过程，这就是我们常说的“惜缘”，惜缘所惜的并不是对结局的期待，而是对过程的宝爱呀！

在日本历史上，所有伟大的茶师都是学禅者，他们都向往沉静、清净、超越、单纯、自然的格局，一直到现代，大家都公认不学禅的人是没有资格当茶师的。

味之素

在南部，我遇见一位中年农夫，他带我到耕种稻子的田地。

原来他营生的一甲多稻田里，有大部分是机器种植，从耕耘、插秧、除草、收割，全是机械化的。另外留下一小块田地由水牛和他动手，他说一开始时是因为舍不得把自小养大的水牛卖掉，也怕荒疏了自己在农田的经验，所以留下一块完全用“手工”的土地。

等到第一次收成，他仔细地品尝了自己用两种耕田方式生产的稻米，他发现，自己和水牛种出来的米比机器种的要好吃。

“那大概是一种心理因素吧！”我说，因为他自己动手，总是有情感的。

农夫的子女也认为是心理因素，农会的人更认为这是不可能的，只是抗拒机器的心理情结。

农夫说：“到后来我都怀疑是自己的情感作祟，我开始做一个实验，请我媳妇做饭时不要告诉我是那一块田的米，让我吃的时候来猜，可是每次都被我说中了，家里的人才相信不是因为感情和心理，而是味道确有不同，只是年轻人的舌头已经无法分辨了。”

这种说法我是第一次听见，照理说同样一片地，同样的稻种，同样的生长环境，不可能长出可以辨别味道的稻米。农夫同样为这个问题困惑，然后他开始追查为什么他种的米会有不同的味道。

他告诉我——那是因为传统。

什么样的传统呢？——我说。

他说：“我从翻田开始就注意自己的土地，我发现耕耘机翻过的土只有一尺深，而一般水牛的力气却可以翻出三尺深的土，像我的牛，甚至可以翻三尺多深。因此前者要下很重的肥料，除草时要用很强的除草剂，杀虫的时候就要放加倍的农药，这样，米还是一样长大，而且长得更大，可是米里面就有了许多不必要的东西，味道当然改变了，它的结构也不结实，所以它嚼起来淡淡松松，一点也不Q。”

至于后者，由于水牛能翻出三尺多深的土地，那些土都是经过长期休养生息的新土，充满土地原来的力量，只要很少的肥料，有时根本用不着施肥，稻米已经有足够成长的养分了。尤其是土翻得深，原来长在土面上的杂草就被新翻的土埋葬，除草时不必靠除草剂，又因为翻土后经过烈日曝晒，地表皮的害虫就失去生存的环境，当然也不需要施放过量的农药。

农夫下了这样的结论：“一株稻子完全依靠土地单纯的力气长大，自然带着从地底深处来的香气。你想，咱们的祖先几千年来种地，什么时候用肥料、除草剂、农药这些东西？稻子还不是长得真好，而且那种米香完全是天然的。原因就在翻土，土犁得深了，稻子就长得好了。”

是吧！原因就在翻土，那么我们把耕耘机改成三尺深不就行了吗？农夫听到我的言语笑起来，说：“这样，耕耘机不是要累死了。”我们站在农田的阡陌上，会心地相视微笑。我多年来寻找稻米失去米的味道的秘密，想不到在乡下农夫的实验中得到一部分解答。

我有一个远房亲戚，在桃园大溪的山上种果树，我有时去拜望他，循着青石打造的石阶往山上走的时候，就会看到亲戚自己垦荒拓土开辟出来的果园，他种了柳丁、橘子、木瓜、香蕉，和葡萄，还有一片红色的莲雾。

台湾的水果长得好，是人尽皆知的事，亲戚的果园几乎年年丰收，光是站在石阶上俯望那一片结实累累红白相映的水果，就够让人感动，不要说能到果园里随意采摘水果了。但是每一回我提起到果园采水果，总是被亲戚好意拒绝，不是这片果园刚刚喷洒农药，就是那片果园才喷了两天农药，几乎没有一片干净的果园，为了顾及人畜的安全，亲戚还在果园外面竖起一块画了骷髅头的木板，上书"喷洒农药，请勿采摘。"

他说："你们要吃水果，到后园去采吧！那一块是留着自己吃的，没有喷农药。"

在他的后园里有一小块围起来的地，种了一些橘子、柳丁、木瓜、香蕉、芒果，还有两棵高大的青种莲雾等四季水果，周围沿着篱笆，还有几株葡萄。在这块"留着自己吃"的果园，他不但完全不用农药，连肥料都是很少量使用，但经过细心的整理，果树也是结实累累。果园附近，还种了几亩菜，养了一些鸡，全是土菜土鸡。

我们在后园中采的水果，相貌没有大园子那样堂皇，总有几个有虫咬鸟吃的痕迹，而且长得比较细瘦，尤其是青种的老莲雾，大概只有红色莲雾的一半大。亲戚对这块园子津津乐道，说是别看这些水果长相不佳，味道却比前园的好得多，每种水果各有自己的滋味，最主要的是安全，不怕吃到农药。他说："农药吃起来虽不能分辨，但是连虫和鸟都不敢吃的水果，人可以吃吗？"

他最得意的是两棵青种的莲雾，说那是在台湾已经快绝迹的水果了，因为长相不及红莲雾，论斤论秤也不比红莲雾赚钱，大部分被农民毁弃。"可是，说到莲雾的滋味，红莲雾只是水多，一点没有味道的，青莲雾的水分少，肉质结实，比红色的好多了。"

然后亲戚感慨起来，认为台湾水果虽一再的改良，愈来愈大，却都是水，每一种水果吃起来味道没什么区别，而且腐败得快，以前可以放上一星期不坏的青莲雾，现在的红莲雾则采下三天就烂掉一大半。

我向他提出抗议，说为什么自己吃的水果不洒农药和肥料，卖给果商的水果却要大量喷洒，让大家没有机会吃好的、安全的水果，他苦笑着说；“这些虫食鸟咬的水果，批发商看了根本不肯买，这全是为了竞争呀！我已经算是好的，听说有的果农还在园子里洒荷尔蒙、抗生素呢！我虽洒了农药，总是到安全期才卖出去，一般果农根本不管，价钱好的时候，昨天下午才洒的农药，今天早上就采收了。”

我为亲戚的话感慨不已，更为农民良知感到忧心，他反倒笑了说：“我们果农流传一句话，说‘台北人的胃卡勇’，他们从小吃农药荷尔蒙长大，身上早就有抗体，不会怎么样的。”至于水果真正的滋味呢！台北人根本不知道原味是什么，早已无从分辨了。

亲戚从橱柜中拿出一条萝卜，又细又长一副营养不良的样子，根须很长大约有七八公分，他说：“这是原来的萝卜，在菜场已经绝种，现在的萝卜有五倍大，我种地种了三十年，十几年前连作梦也想不到萝卜能长那么大，但是拿一条五倍大的萝卜熬排骨汤，滋味却没有这一条小小的来得浓！”

每次从亲戚山上的果园菜园回来，常使我陷入沉思，难道我们要永远吃这种又肥又痴、水分满溢又没有滋味的水果蔬菜吗？

我脑子里浮现了几件亲身体验的事：母亲在乡下养了几只鹅，有一天在市场买芹菜回来，把菜头和菜叶摘下丢给鹅吃，那些鹅竟在一夜之间死去，全身变黑，是因为菜里残留了大量的农药。

有一次在民生公园，看到一群孩子围在一处议论纷纷，我上前去看，原来中间有一只不知道那里跑出来的鸡。这些孩子大部分没看过活鸡，他们对鸡的印象来自课本，以及喂了大量荷尔蒙抗生素，从出生到送入市场只要四十天的肉鸡。

有一回和朋友谈到现在的孩子早熟，少年犯罪频繁，一个朋友斩钉截铁的说，是因为食物里加了许多不明来历的物质，从小吃了大量荷尔蒙的孩子怎能不早熟，怎能不性犯罪？这恐怕找不到证据，却不能说不是一条线索。

印象最深刻的是，二十年前，有人到我们家乡推销味素，在乡下叫做“鸡粉”，那时的宣传口号是“清水变鸡汤”，乡下人趋之若骛，很快使味素成为家家必备的用品，不管是做什么菜，总是一大瓢味素洒在上面，把所有的东西都变成一种“清水鸡汤”。

我如今对味素敏感，吃到味素就要作呕。是因为味素没有发明以前，乡下人的“味素”是把黄豆捣碎拌一点土制酱油，晒干以后在食物中加一点，其味甘香，并且不掩盖食物原来的味道。现在的味素是什么做的，我不甚了然，听说是纯度百分之九十九的L——麸酸钠，这是什么东西？吃了有无坏处？对我是个大的疑惑。唯一肯定的是味素是“破坏食物原味的最大元素”。“味素”而破坏“味之素”，这是现代社会最大的反讽。

我有一个朋友，一天睡眠蒙胧中为读小学六年级的孩子做早餐，煮“甜蛋汤”，放糖时错放了味素，朋友清醒以后，颇为给孩子放的五瓢味素操心不已。孩子放学回来，却竟未察觉蛋汤里放的不是糖，而是味素——失去对味素的知觉比吃错味素更令人操心。

过度的味素泛滥，一般家庭对味素的依赖，已经使我们的下一代失去了舌头。如果我们看到饭店厨房用大桶装的味素，就会知道连我们的大师傅也快没有舌头了。

除了味素，我们的食物有些什么呢？硼砂、色素、荷尔蒙、抗生素、肥料、农药、糖精、防腐剂、咖啡因……我们还有什么可以吃，而又有原味的食物呢？加了这些，我们的蔬菜、水果、稻米、猪、鸡往往生产过剩而丢弃，因为长得太大太多太没有味道了。

生为一个现代人，我时常想起“吾不如老农，吾不如老圃”的话，不是我力不能任农事，而是我如果是老农，可以吃自种的米；是老圃，可以吃自种的蔬菜水果，至少能维持一点点舌头的尊严。

“舌头的尊严”是现代人最缺的一种尊严。连带的，我们也找不到耳朵的尊严（声之素），找不到眼睛的尊严（色之素），找不到鼻子的尊严（气之素）。嘈杂的声音、混乱的颜色、污浊的空气，使我们像电影《怪谈》里走在雪地的美女背影，一回头，整张脸是空白的，仅存的是一对眉毛；在清冷纯净的雪地，最后的眉毛，令我们深深打着寒颤。

没有了五官的尊严，又何以语人生？

人的一生，说穿了，就是相对世界追逐与改变的历程。

忧欢派对

有两位武士在树林里相遇了，他们同时看见树上的一面盾牌。

“呀！一面银盾！”一位武士叫起来。

“胡说！那是一面金盾！”另一位武士说。

“明明是一面银制的盾，你怎么硬说是金盾呢？”

“那是金盾是明显不过的，为什么你强辞夺理说是银盾？”

两位武士争吵起来，始而怒目相向，继而拔剑相斗，最后两人都受了致命的重伤，当他们向前倒下的一刹那，才看清树上的盾牌，一面是金的，一面是银的。

我很喜欢这则寓言，因为它有极丰富的象征，它告诉我们，一件事物总可以两面来看，如果只看一面往往看不见真实的面貌，因此，自我观点的争执是毫无意义的。进一步地说，这世界本来就有相对的两面，欢乐有多少，忧患就有多少；恨有多切，爱就有那么深；祸兮福所倚，福兮祸所伏；所以我们要找到身心的平衡点，就要先认识这是个相对的世界。

人的一生，说穿了，就是相对世界追逐与改变的历程，我们通常会在主客、人我、是非、知见、言语、动静中浮沉而不自知，凡是合乎自己所设定的标准时，就会感到欢愉幸福，不合乎我们的标准时，就会感到忧恼悲苦，这个世界之所以扰攘不安，就是由于人人的标准都不同。而人之沉于忧欢的漩涡，则是因为我们过度的依赖感觉，感觉乃是变换不定的，随外在转换的东西，使人都像走马灯一样，不停变换悲喜。

把人生的历程拉长来看，忧欢是生命中一体的两面，它们即使不同时现起，也总是相伴而行。

佛经里就有一个这样的故事：有两个仙女，一位人见人爱，美丽无比，名字叫做“功德天”，另一位人见人恶，丑陋至极，名字叫“黑暗天”。当功德天去敲别人的门时，总是受到热烈招待，希望她能永远在家里做客，可是往往只住很短暂的时间，丑陋的黑暗天就接着来敲门，主人当然拒绝她走进家门一步。

这时候，功德天与黑暗天就会告诉那家的主人：“我们是同胞姊妹，向来是形影不离的，如果要赶走妹妹，姊姊也不能单独留下来；如果要留下功德天，就必须让黑暗天也进门作客。”

愚蠢的主人就会把姊妹都留下来，他们为了享受功德，宁可承受黑暗。有智慧的主人则会把两姊妹都送走，宁可过恬淡的生活。

这也是一个非常有象征意味的寓言，它启示我们，有智慧的人“无求”，他知道人生的忧欢都只是客人而已，并非生命的本体，唯有不执着于功德的人，才不会有黑暗的侵扰——也唯有不追求欢乐的人，才不会落入忧苦的泥沼。

忧欢时常联手，这是生活里最无可奈何的景况，期许自己不被感觉所侵蚀的人，只有从超越感官的性灵入手。

有一次，我到一间寺庙去游玩，看到庙前树上挂着的木板写着：

心安茅屋稳，
性定菜根香，

世事静方见，

人情淡始长。

安、定、静、淡应该是对治感官波动、悲喜冲击的好方法，可是在现实里并不容易做到。不过，对一个追求智慧的人，他必须知道，幸福的感受与人的心情态度有着密切的关系，有时候，那些看似平淡的事物反而能有深刻悠长的力量，这是为什么在真实相爱的情侣之间，一朵五块钱玫瑰花的价值，不比一粒五克拉的钻石逊色。

有一首流行甚广的民谣“茶山情歌”里有这样几句：

茶也青哟，

水也清哟，

清水烧茶，

献给心上的人，

情人上山你停一停，

喝口清茶，

表表我的心！

我每次听到这首歌，就深受感动，这原是采茶少女所唱的情歌，用青茶与清水来表达自己的情感，真是平常又非凡的表白。一个人的情感若能青翠如寒山雾气中的茶，清澈若山谷溪涧的水，确实是值得珍惜，可以像珍宝一样拿出来奉献的。

一杯清茶也可以如是缠绵，使人对情爱有更清净的向往，在爱恨炽烈的现代人看来，真是不可思议。然而，我们若要了解真爱，并进入人生更深刻的本质，就非使心情如茶般青翠、水样清明不可，可叹的是，现代人喝惯了浓烈的忧欢之酒，愈来愈少人懂得茶青水清的滋味了。

明朝时代，有一首山歌，和茶山情歌可以前后辉映：

> 不写情词不写诗，
> 一方素帕寄心知，
> 心知接了颠倒看，
> 横也丝来竖也丝，
> 这般心事有谁知？

一条白色的手帕，就能够如此丝缕牵缠，这种超乎言语的情意，现在也很少人知了。

情爱，算是人间最浓烈的感觉了，若能存心如清茶、如素帕，那么不论得失，情意也不至于完全失去，自然也不会反目成仇，转爱成恨了。只是即使淡如清茶还是有忧欢的波澜，不能有清净的究竟，历史上的禅师以观心、治心、直心的方法来超越，使人能高高的站在忧欢之上，我们来看两个公案，可以让我们从清茶素帕再进一步，走入“高高山顶立，深深海底行”的世界。

有一位名叫玄机的尼师去参访雪峰禅师，禅师问说：“什么处来？”

曰：“大日山来。”

师曰：“日出也未？”

曰：“若出，则熔却雪峰。”

师曰：“汝名什么？”

曰：“玄机。”

师曰：“日织多少？”

曰：“寸丝不挂。”

雪峰听了默然不语，玄机十分得意礼拜而退，才走了三步，雪峰禅师说：“你的袈裟角拖到地上了！”玄机回头看自己的袈裟，雪峰说：“好一个寸丝不挂！”

这是多么机锋敏捷的谈话，玄机尼师的寸丝不挂立即被雪峰禅师勘破。这个公案使我们知道从“清茶素帕”到“寸丝不挂”之间是多么遥远的路途。

另一个公案是唐朝大诗人白居易去参惟宽禅师。

白居易：“何以修心？”

惟宽：“心本无损伤，云何要理？无论垢与净，切勿起念。”

白居易：“垢即不可念，净无念可乎？”

惟宽：“如人眼睛上一物不可住，金屑虽珍宝，在眼亦为病。”

惟宽禅师的说法，使我们知道，纵是净的念头也像眼睛里的金屑，并不值得追求。那么，若能垢净不染，则欢乐自然也不可求了。

禅师不著于生命，乃至不著一切意念的垢净，并不表示清净的人必须逃避浊世人生。在《西厢记》里有两句话：“你也掉下半天风韵，我也飘去万种思量。”是说如果你不是那样美丽，我也不会如此思念你了。金圣叹看到这两句话就批道：“昔时有人嗜蟹，有人劝他不可多食，他就发誓说：‘希望来生我见不着蟹，也免得我吃蟹。’”这真是妙批，是希望从逃避外缘来免得爱恨的苦恼，但禅师不是这样的，他是从内心来根除染着，外缘上反而能不避，甚至可以无畏的承当了。也就是在繁花似锦之中，能向万里无寸草处行去！

宗宝禅师说得非常清楚透彻：“圣人所以同者心也，凡人所以异者情也。此心弥满清净，中不容他，遍界遍空，如十日并照。觌面堂堂，如临宝镜，眉目分明。虽则分明，而欲求其体质，了不可得。虽不可得，而大用现前，折、旋、俯、仰，见、闻、觉、知，一一天真，无暂时休废。直下证入，名为得道。得时不是圣，未得时不是凡。只凡人当面错过，内见有心，外见有境，昼夜纷纭，随情造业，诘本穷源，实无根蒂。若是达心高士，一把金刚王宝剑，逢着便与截断，却不是遏捺念虑，屏除声色。一切时中，凡一切事，都不妨他，只是事来时不惑，事去时不留。”

真到寸丝不挂的禅者，他不是逃避世界的，也不是遏止捺住念头或挂虑，当然更不是屏除一切声色，他只是一一天真的面对世界，而能“事来时不惑，事去时不留”。

这是多么广大、高远的境界！

我们凡夫几乎是做不到一一天真，不惑不留的，却也不是不能转化忧欢的人生历练。我听过这样的故事：一位女歌手在演唱会中场休息的时候，知道了母亲过世的消息，她擦干眼泪继续上台做未完的表演，唱了许多欢乐之歌，用悲哀的泪水带给更多人欢笑。

在这个世界上，还有更多的演员与歌手，他们必须在心情欢愉时唱忧伤之歌，演悲剧的戏；或者在饱受惨痛折磨时，还必须唱欢乐的歌，演喜剧的戏。而不管他们演的是喜是悲，都是为了化解观众生命的苦恼，使忧愁的人得到清洗，使欢喜的人更感觉幸福。文学家、音乐家、艺术家等心灵工作者，无不是这样子的。

实际人生也差不多是这样子，微笑的人可能是在掩盖心中的伤痛，哀愁者也可能隐藏或忽略了自己的幸福，更多的时候，是忧与欢的泪水同时流下。

不管是快乐或痛苦，人生的历程有许多没有选择余地的经验，这是有情者最大的困局。我们也许做不到禅师那样明净空如，但我们可以转换另一种表现，试图去跨越困局，使我们能茶青水清，并用来献给与我们一样有情的凡人，以自己无比的悲痛来疗治洗涤别人生命的伤口，困局经常是这样转化，心灵往往是这样逐渐清明的。

因此，让我们幸福的时候，唱欢乐之歌吧！

让我们忧伤的时候，更大声的唱欢乐之歌吧！

忧欢虽是有情必然的一种连结，但忧欢也只是生命偶然的一场派对！

我们在海边无意拾获的贝壳之美才是纯粹的美。

牡丹也者

温莎公爵夫人过世的那一天，正巧是故宫博物院至善园展出牡丹的第一天。

真是令人感叹的巧合，温莎公爵夫人是本世纪最动人的爱情故事的主角，而牡丹恰是中国历史上被认为是最动人的花。一百盆“花中之后”在春天的艳阳中开放，而一朵伟大的“爱情之花”却在和煦的微风中凋谢了。

我们赶着到外双溪去看牡丹，在人潮中的牡丹显得是多么脆弱呀！因为人群中蒸腾的浊气竟使它们提前凋谢了，保护牡丹的冰块被放置在花盆四周，平衡了人群的热气。

好不容易拨开人群，冲到牡丹面前，许多人都会发出一声叹息：终于看到了一直向往着的牡丹花！接下来则未免怏怏：牡丹花也像是芙蓉花、大理菊一样，不过如此，真是一见不如百闻呀！在回程的路上，不免兴起一些感慨，我们心中所存在的一些美好的想像，有时候禁不起真实的面对，这种面对碎裂了我们的美好与想像。

我不是这一次才见到牡丹的，记得两年前在日本旅行，朋友约我到东京郊外看牡丹花展，那一夜差一点令我在劳顿的旅次中也为之失眠，心里一直梦想着从唐朝以来一再点燃诗人艺术家美感经验的帝王之花的姿容。自然，我对牡丹不是那么陌生的，我曾在无数的扇面、册页、巨作中见过画家最细腻翔实的描绘，也在无数的诗歌里看到那红艳凝香的侧影，可是如今要去看活生生地开放着的牡丹花，心潮也不免为之荡漾。

在日本看到牡丹的那一刻，可以说是失望的，那种失望并不是因为牡丹不美，牡丹还是不愧为帝王之花、花中之后的称号，有非常之美，但是距离我们心灵所期待的美丽还是不及的。而且，牡丹一直是中国人富贵与吉祥的象征，富贵与吉祥虽好，多少却带着俗气。

看完牡丹，我在日本花园的宁静池畔坐下，陷进了沉思：是我出了问题？还是牡丹出了问题？为什么人人说美的牡丹，在我的眼中也不过是普通的花呢？

牡丹还是牡丹，唐朝在长安是如此，现代在东京也仍然如此，问题是出在我自己身上，因为历史上我所喜爱的诗人、画家，透过他们的笔才使我在印象里为牡丹铸造了一幅过度美丽的图象，也因为我生长在台湾，无缘见识牡丹，把自己的乡愁也加倍地放在牡丹艳红的花瓣上。

假如牡丹从来没有经过歌颂，我会怎样看牡丹呢？

假如我家的院子里，也种了几株牡丹呢？

我想，牡丹也将如我所种的菊花、玫瑰、水仙一样，只是美丽，还可以欣赏的一种花吧！

我怀着落寞的心情离开了日本的花园，在参天的松树林间感觉到一种看花从未有过的寂寞。

唯一使我深受震动的，是在花园的说明书里，我看到那最美的几种牡丹是中国的品种，是在唐宋以后陆续传种到日本的。在春天的时候，日本到处都开着中国牡丹，反倒是居住在中国南方的汉人有一些终生未能与牡丹谋上一面。

花园边零售的摊位上，有贩售牡丹种子的小贩，种子以小袋包装，我的日本朋友一直鼓舞我买一些种子回台湾播种，我挑了几品中国的种子回来，却没有一粒种子在我的花盆中生芽。

这一次在故宫至善园看牡丹花展，识得牡丹的朋友却告诉我说："这些牡丹是日本种，从日本引进种植成功的。"

"日本种不就是中国种吗？"我问。

"最原始的品种当然还是中国种，可是日本人非常重视牡丹，他们改良了品种，增加了花色，中国种比较起来就有一些逊色了。"

这倒真是始料未及的事，日本人以中国的品种为好，我们倒以日本的品种为好了。那些无知的牡丹，几乎不知道自己是那里的品种，只要控制了气温与环境，它就欣悦地开放。对于中国的牡丹，这一段奇异的路真是不可知的旅程呀！

日本看牡丹，台北看牡丹，有一种心情是相同的，即是牡丹虽好，有种种不同的高贵的名字，也只是一种花而已。要说花，我们自己亲手所种植，长在普通花泥花盆里的花，才是最值得珍惜的，虽无掀天身价，到底是我们自己的花。

从至善园回来，我在阳台上浇花，看到自己种的一盆麒麟草，因为春光，在尾端开出一些淡红的小花，一点也不稀奇，摆在路上也不会引人驻足，但它真是美，比我所看见的牡丹毫不逊色。因为在那么小的花里，有我们的心血，有我们的关怀，以及我们的爱。

温莎公爵与夫人也是如此，一宗曾使全世界的恋人为之落泪动容的爱情，从我们年幼的时候，就飘荡在我们的胸腔之中，然后我们立下了这样的志向：如果我右手有江山，左手有美人，我也要放下右手的江山来拥抱左手的美人。

可是志向只是志向，我们不可能同时拥有江山与美人，要是有，可能也放不下，连一代枭雄拿破仑都办不到，他的境界只留在"醉卧美人膝，醒掌天下权"的境界。

一般人为爱情作小小的牺牲都难以办到，何况是舍弃江山去追求爱情呢？

试想当年，风度翩翩的威尔斯王子，准备继承他父亲乔治五世的王位成为爱德华八世，加上他容貌出众，干练而有理想，是那个时代全世界最受少女仰慕的王子，以他的风采与地位，要找一位最美丽、最杰出、最聪明的妻子，简直是易如反掌。

他应该拥有最好、最美的一朵牡丹，这也是全英国的期望。

可是他喜欢的不是牡丹。

他爱上了一个离过婚的有夫之妇——辛普森夫人。

辛普森夫人本名华丽丝，当年三十四岁，是伦敦商人艾奈斯特的太太，既不年轻也不貌美，既不富裕又没有受过良好教育，她的身体也不健康，胃病时时发作。在一九三〇年代英国人民的眼中，辛普森夫人简直一无是处，偏偏他们的国王爱上了这个女子。

那种心情是可以想见的，就如同我们有一园子盛开的牡丹，请朋友来观赏，朋友在园子里绕了半天却说：花园角落那一株紫色的酢浆草开得真是美。

华丽丝就像那株紫色酢浆草，而且还不是初开的，已经是第三次开放。

后来，爱德华八世如何为了华丽丝，不惜与首相闹翻，放弃江山，是大家都知道的故事，也成为这个冷漠无情的世纪里，一个真实动人的爱情典范。

我并不想评述这段爱情，我有兴趣的是，人人都说牡丹好，如果我们觉得牡丹的美不如朱槿花，为什么不勇敢地说出来呢？或者说当我们面对爱情的试炼之时，是不是能打开一切条件的外貌，去触及真实本然的面目呢？是不是能把物质的一切放在一边，做心灵真正的面对呢？

这个世界，许多女人都拥有钻石、珠宝、貂皮大衣，但是真正觉得钻石、珠宝、貂皮大衣是美丽的女人极少，绝大部分是只知道它的价钱。

我们在钻石的光芒中找到的美不一定是纯粹的美，我们在海边无意拾获的贝壳之美才是纯粹的美。我们在标价百万的兰花上看到的美不一定是真实的美，我们在路边无意中看见的油菜花随风翻飞才是真实的美。

爱与牡丹也是如此。

爱德华八世和辛普森夫人的爱不一定是纯粹与真实的美，只有还原到大卫与华丽丝，才有了纯粹与真实之美。

牡丹如果是放在花盆里用冰块冰着，供给众人瞥看一眼，不是真美：只有它还原到大地上，与众花同在，从土地生发，才是真美。

我们不必欣羡爱德华与辛普森，我们只要珍惜自己拥有的小小的爱就够了，我们的爱虽平凡渺小，即使有人送我江山，也是不可更换的。爱之伟大无如我者，小小江山何足道哉！

我们也不必欣羡牡丹，我们只要宝爱自己所拥有的菊花、玫瑰、蔷薇、茉莉，乃至鸡冠花、鸡屎菊也就是了。在这个大地上，繁花锦绣无不是美，我对美的见识如此壮大，小小牡丹何足道哉！

把帝王之花还给帝王。

把花中之后还给皇后。

我只把最真实、最纯朴、最能与我的美感或爱情相呼吸的留给我自己，我自己就是江山，我自己就是一个具足的宇宙。

犹如人生苍凉历尽之后，中夜观心，看见，并且感觉，少年时沸腾的热血，仍在心口。

有情十二帖

前生

前生，我们也是在这样的溪水畔道别的吧！

要不然，我从山径一路走来，心原是十分平静的，可是我看见这条溪时，心为什么如水波一样涌动起来？周围清冽的空气，使我感到一种不知何处流来的可惊的寒冷。

以溪水为镜，我努力地想知道，这条溪与我有着什么样的因缘？或者是，我如何在溪的此岸，看着你渐去渐远的身影？或者是，同在一岸，你往下游走去，而我却溯源而上？

我什么都照映不出来，因为溪水太激动了。

这已是春天了呀？草正绿着，花正盛开，阳光正暖，溪水为什么竟有清冷而空茫的感觉呢？

想是与久远的前生有着不可知的关系。

在春天的时候，临溪而立，特别能感觉到生命是一道溪流，不知从何流来，不知流向何处。

此刻的我，仿佛是，奔流的河溪中刚刚落下的，一片叶子。

流转

在十字路口的古董店临窗的角落，我坐在一张太师椅上，立刻就站起来，因为那张椅子上还留着别人坐过的温度。

从小我就不习惯坐别人坐过的热椅子，宁可站着等那椅子冷了，才落坐。尤其古董店的椅子，据说这张椅是清朝的，那美丽的雕花让我知道这不是平民的椅子，它的第一个主人曾经是富有的人吧！

现在，那个富有的人，他的财富必然已经散尽了，他的身体一定也在时空中消亡了，留下这一组椅子，没有哭笑，在午后的阳光中静静的，几乎是睡着一般。

我在古董店转了一圈，好像与时空一起流转，唐朝的三彩马，明代的铜香炉，清朝的瓷器，民初的碗盘，有很多还完美如新。有一张八仙彩，新得还像某一个脸容贞静的妇女一针一针刺绣上去，针痕还在锦上，人却已经远去了，像空气，像轻轻的铜铃声。

在古董店，我们特别能感受时光的无情，以及生命的短暂，步出古董店时我觉得，即使在早春，也应珍惜正在流转的光阴。

山雨

看着你微笑着，无声，在茫茫的雨雾中从山下走来，你撑着的花伞，在每一格石阶一朵一朵开上来，三月道旁的杜鹃与你的伞一样有艳红的颜色。在春雨的绵绵里，我的忧伤，像雨里的乱草缠绵在一起，忧伤的雨就下在我的眼中。

眼看你就要到山顶，却在坡道转弯处隐去了，隐去如山中的风景，静默。雨，也无声。

山顶的凉亭里，有人在下棋，因为棋力相当，两个人静静的对坐着，偶尔传来一声“将军”，也在林间转了又转，才会消失。

我看着满天的雨，感觉这阵雨永远也不会停。

你果然没有到山顶上，转过坡道又下山了，我看着你的背影往山下走去，转一道弯就消失了，消失成雨中的山，空茫的山。

山雨不停，我心中忧伤的雨也一如山雨。

这阵雨永远也不会停了！看着满天的雨，我这样想着。

突然听到凉亭里传来一声高扬的：将军！

四月

我最喜欢四月的阳光，四月的阳光不愠不火，透明温润有琉璃的质感。

四月的阳光，使每一朵花都是水晶雕成，在风里唱着希望之歌，歌声五色仿佛彩虹。

四月的阳光，使每一株草都是翡翠繁生，在土地写着明日之诗，诗章湛蓝一如海洋。

在四月的阳光中，我们把冬寒的灰衣褪去，肤触着遥远天际传来的温热，使我想起童年时代，赤身奔跑过四月的田野，阳光就像母亲温暖的怀抱，然后我们跳入还留着去年冬寒的溪里游水。最后，我们带着全身琉璃的水珠躺在大石上，水一丝丝化入空中，我们就在溪边睡着了。

在四月的阳光中，草原、树林、溪流、石头都是净土，至少对无忧的孩子是这样的。所以，不论什么宗教，都说我们应该胸怀一如赤子，才能进入清净之地。

四月还是四月，温暖的阳光犹在，可叹的是我们都不再是赤子了。

石狮

我们走过生命的原野时，要像狮子一样，步步雄健，一步留下一个脚印。

我们渡过生命的河流之际，要像六牙香象，中流砥柱，截河而流，主宰自己生命的河流与方向。

我们行经生命的丛林小径，要像灰鹿之王，威严而柔和，雄壮而悲悯，使跟随我们的鹿群都能平安温饱。

这些都是佛经的譬喻，是要我们期许自己像狮子一样威猛，像香象一样壮大，像鹿王一样温和庄严。当我们想起这几种动物，真有如自己站在高山顶上，俯视着莽莽的林木与茫茫的草原，也有那样的气派。

狮子是文殊师利菩萨的坐骑，白象是普贤菩萨的坐骑，都是极有威势的护法，尤其狮子更是普遍，连民间一般寺庙都是由狮子来护法的。

今天路过一座寺庙，看到门前的石狮子有不同的表情，几乎是微笑着的，然后我想起每座寺庙前的狮子，虽是石头雕成，每只的表情都有细微的不同。

即使是石狮子，也是有心，特别是在温馨的五月清晨的微风之中。

欢喜

黄山谷有一天去拜访晦堂禅师，问禅师说："禅宗的奥义究竟是什么？"

晦堂禅师说："《论语》上说：'二三子，以我为隐乎？吾无隐乎尔。'禅对你们也没有什么隐藏，这意思你懂吗？"

黄山谷说："我不懂。"

然后，两人都沉默了，一起在山路上散步，当时，盛开的木犀花正在开放，香味满山。

晦堂问："你闻到香味了吗？"

"是，我闻到了！"黄山谷说。

"我像这木犀花香一样，没有隐瞒你呀！"禅师说。

黄山谷听了，像突然打开心眼一样开悟了。

是的，这世界从来没有隐藏过我们，我们的耳朵听见河流的声音，我们的眼睛看到一朵花开放，我们的鼻子闻到花香，我们的舌头可以品茶，我们的皮肤可以感受阳光……在每一寸的时光中都有欢喜，在每个地方都有禅悦。

我曾在一个开满凤凰花的城市住了三年，今天看到一株凤凰花开，好像唱着歌一样，使我的眼耳鼻舌身意都洋溢着少年时代的欢喜。

院子

农村里的秋天来得晚，但真正秋天来的时候是很写意的。

首先感觉到的是终于有黄昏的晚霞了，当河边的微风吹过，我们背着沉重的书包回家，站在家前院子往远山看去，太阳正好把半天染红；那云红得就像枫叶，仿佛一片一片就要落下来了。于是，我常常站在院子里就呆住了，一直到天边泼墨才惊醒过来。

然后，悬丝飘浮的、带着清冷的秋灯的、只照射自己的路的萤火虫，不知道是从河的对岸或树林深处来了，数目多得超乎想像，千盏万盏掠过院子，穿过弄堂，在草丛尖浮荡。有人说萤火虫是点灯来找它前世的情缘，所以灯盏才会那么的凄清闪烁，动人肝肺。

最后，是大人们扇着扇子，坐在竹椅上清喉咙："古早、古早、古早……"说着他们的父亲、祖父一直传说不断忠孝节义的故事，听着这些故事，使我觉得秋天真是温柔，温柔中流着情义的血。我们听故事的那个院子，听说还是曾祖父用石块亲手铺成的。

秋天枫红的云，凄凉的萤火，用传说铺成的院子如今还在闪烁，可惜现在不是秋天，也找不到那个院子了。

有情

“花，到底是怎么样开起的呢？”有一天，孩子突然问我。

我被这突来的问题问住了，我说：“是春天的关系吧。”

对我的答案，孩子并不满意，他说：“可是，有的花是在夏天开，有的是在冬天开呀！

我说：“那么，你觉得花是怎样开起的呢？”

“花自己要开，就开了嘛！”孩子天真的笑着，“因为它的花苞太大，撑破了呀！”

说完孩子就跑走了，是呀！对于一朵花和对于宇宙一样，我们都充满了问号，因为我们不知它的力量与秩序是明确来自何处。

花的开放，是它自己的力量在因缘里的自然展现，它蓄积自己的力量，使自己饱满，然后爆破，有如阳光在清晨穿破了乌云。

花开是一种有情，是一种内在生命的完成，这是多么亲切呀！使我想起，我们也应该蓄积、饱满、开放，永远追求自我的完成。

炉香

有一天，一位老太太问赵州从谂禅师：“怎样去极乐世界呢？”

赵州说：“大家都去极乐世界吧！我只愿永远留在苦海。”

我读到这里，心弦震动，久久不能自已，一个已经开悟的禅师，他不追求极乐，而希望自己留在与众生相同的地方，在苦海中生活，这是真实的伟大的慈悲。就好像在莲花池边，大家都赶来看莲花，经过时脚步杂乱，纸屑满地，而他只愿留下来打扫莲花池。

抬起头来，我看见案前的檀香炉，香烟袅袅，飘去不可知的远方，香气在室内盘绕不息。这烟气是不是也飘往极乐世界呢？可是如果没有香炉的承受，接受火炼，檀香的烟气也不可能飞到远方。

赵州正是要做那一个大香炉，用自己的燃烧之苦来点燃众生虔诚的极乐之向往。

我也愿做烧香的铜炉，而不要只做一缕香。

天空

我和一位朋友去参观一处数有年代的古迹，我们走进一座亭子，坐下来休息，才发现亭子屋顶上刻着许多繁复、细致、色彩艳丽的雕刻，是人称“藻井”的那种东西。

朋友说：“古人为什么要把屋顶刻成这么复杂的样子？”

我说：“是为了美感吧！”

朋友说不是这样的，因为人哪有那样多的时间整天抬头看屋顶呢！

“那么，是为了什么？”我感到疑惑。

“有钱人看见的天空是这个样子的呀！缤纷七彩、金银斑斓，与他们的珠宝箱一样。”这是我第一次听见的说法，眼中禁不住流出了问号，朋友补充说：“至少，他们希望家里的天空是这样子，人的脑子塞满钱财就会觉得天空不应该只是蓝色，只有一种蓝色的天空，多无聊呀！”

朋友似笑非笑的看着藻井，又看着亭外的天空。

我也笑了。

当我们走出有藻井的凉亭时，感觉单纯的蓝天，是多么美！多么有气派！

水因有月方知静，天为无云始觉高，我突然想起这两句诗。

如水

曾经协助丰臣秀吉统一全日本的大将军黑田孝高，他擅于用水作战，曾用水攻陷了久攻不下的高松城，因此在日本历史上有“如水”的别号，他曾写过“水五则”：

一、自己活动，并能推动别人的，是水。

二、经常探求自己的方向的，是水。

三、遇到障碍物时，能发挥百倍力量的，是水。

四、以自己的清洁洗净他人的污浊，有容清纳浊的宽大度量的，是水。

五、汪洋大海，能蒸发为云，变成雨、雪，或化而为雾，又或凝结成一面如晶莹明镜的冰，不论其变化如何，仍不失其本性的，也是水。

这“水五则”，也就是“水的五德”，是值得参究的，我们每天要用很多的水，有没有想过水是什么？要怎样来做水的学习呢？

要学习水，我们要做能推动别人的，常探求自己方向的，以百倍力量通过障碍的，有容清纳浊度量的，永不失本性的人。

要学习水，先要如水一样清净、无碍才行。

茶味

我时常一个人坐着喝茶，同一泡茶，在第一泡时苦涩，第二泡甘香，第三泡浓沉，第四泡清冽，第五泡清淡，再好的茶，过了第五泡就失去味道了。

这泡茶的过程时常令我想起人生，青涩的年少，香醇的青春，沉重的中年，回香的壮年，以及愈走愈淡，逐渐失去人生之味的老年。

我也时常与人对饮，最好的对饮是什么话都不说，只是轻轻地品茶；次好的是三言两语，再次好的是五言八句，说着生活的近事；末好的是九嘴十舌，言不及义；最坏的是乱说一通，道别人的是非。

与人对饮时常令我想起，生命的境界确乎是超越言句的，在有情的心灵中不需要说话，也可以互相印证。喝茶中有水深波静、流水喧喧、花红柳绿、众鸟喧哗、车水马龙种种境界。

我最喜欢的喝茶，是在寒风冷肃的冬季，夜深到众音沉默之际，独自在清静中品茗，杯小茶浓，一饮而净，两手握着已空的杯子，还感觉到茶在杯中的热度，热，迅速的传到心底。

犹如人生苍凉历尽之后，中夜观心，看见，并且感觉，少年时沸腾的热血，仍在心口。

在有情的心灵中不需要说话，也可以互相印证。

第六辑

从容彼岸是生活

害怕失去才是痛苦的根源，
此所以有了拥有，
就有了负担，
就不能自在。

拥　有

星云大师退位的时候，许多人都为他离开佛光山而感到惋惜，他说了一段非常有智慧的话，他说：

“佛光山如果要说是属于我的，就是属于我的。因为大自然的一切，小如花草清风，大到山河大地，如果你认为是你的，它就是你的了。

佛光山，如果要说不是属于我的，就不是属于我的。因为不要说佛光山这么大的园林，不能为个人拥有，即使是自己的身体也不是自己所拥有的。”

这两段话很有智慧，是由于大师真正彻悟地照见了人生的本质，人具有两种本质，一种是极为壮大开阔的，一种又是极端的渺小和卑微。在心念广大的时候，我们可以欣赏一切、涵容一切，可是比照起我们所能欣赏与涵容的事物，我们又显得太渺小了。

明了了这一层，一个人对事物的拥有是应该重新来认识的。我们常在心里想着：“这是我的房子，这是我的车子，这是我的土地，这是我的财产……这个是我的，那个也是我的。”因为我们拥有了太多的东西，所以害怕失去，害怕失去才是痛苦的根源，此所以有了拥有，就有了负担，就不能自在。

到了年老体衰，即使拥有许多东西，但不能享用，也就算失去了；最后两手一摊，不管什么宝贝的东西也握不住了。

在佛经里，所有娑婆世界的一切，都不是用来拥有的，而是用来舍的，一个人舍得下一切则是真正壮大，无牵无挂；一个人拥有一切正是沉沦苦痛的泉源。

我们是入世的凡夫，难以直趋其境，但我们可以训练一种拥有，就是在心灵上拥有，不在物欲上拥有；在精神上对一切好的东西能欣赏、能奉献、能爱，而不必把好的事物收藏成为自己专有。能如此，则能免于物欲上的奔逐，免于对事物的执迷，那么人生犹如宽袍大袖，清风飘飘，何忧之有？

清末才子王国维曾在《红楼梦评论》中说："濠上之鱼，庄、惠之所乐也，而渔父袭之以网罟；舞雩之木，孔、曾之所憩也，而樵者继之以斤斧。若物非有形，心无所住，则虽殉财之夫，贵私之子，宁有对曹霸、韩干之马，而计驰骋之乐，见毕宏、韦偃之松，而思栋梁之用，求好逑于雅典之偶，思税驾于金字之塔者哉？"

说得真是好极了！当人看到鱼只想到吃，看到树就想要砍，看到大画家画的马也想骑，画的松树只想到盖房子……那么这些人就永远不能拥有鱼的优游、树的雄伟、马的俊逸、松的高奇种种之美，则其所欲弥多，随之苦痛弥甚，还能体会什么真实的快乐呢？

欢乐中国节

传说在中国有三位修行者，没有人知道他们的名字，只知道他们是爱笑的圣人，因为当人们看到他们时，他们总是在笑，从一个城市笑到另一个城市。

每到一个新城市，他们就会在市场、街道，或广场中央大笑，使附近的人都过来围着他们，慢慢的，本来迟疑的人也走过来了，像口渴的人走向井边。顾客忘了他们要买什么，店主把店铺关了，一起到这三个人的旁边，看他们笑。

他们的笑是那么自在、那么无碍、那么优美、那么光辉，使旁观的人都深深地感动了，因为生活在市集里的人从没有那样笑过，甚至已经忘记人可以那样笑着。

他们的笑会感染，旁观的人开始笑，然后所有的人都笑了，就是几分钟前，那市场是个丑陋的地方，人们有的只是贪婪、嗔恨、愚痴，卖的人只想到钱和渴望钱，买者则只想贪小便宜。他们的笑改变了市场的气氛，使所有的人汇成一体，欢欣、无私、互相欣赏，就好像很久才有一次的节庆。

人们先是笑，忘记了是要买或是要卖，随后，人们真心笑了，最后甚至围着三人忘情地跳舞，仿佛进入一个新世界。

由于这三个人所到之处，都带着欢笑，使他们行经之地都变成天堂，所有的人都喜欢见到他们，称他们是“三个爱笑的圣人”。

当圣人的名字传扬开来，就有人来问道：“给我们一些启示，教导我们一些真理吧！”

他们总是说：“我们没有什么好说，只是不断地笑！”

他们走遍全中国，从一地到另一地、从城市到乡村，帮助人们去笑、去开发内在的笑意，凡是悲伤、哀痛、贪婪、嗔恨、愚笨的人都跟着他们笑，慢慢地，人们懂得笑了，生命就得到了崭新的蜕变，就像是一只丑陋爬行的虫化成了斑灿自由的彩蝶。

他们的日子就在笑中度过。

有一天，三个爱笑的圣人之一过世了，村人聚集着说：“他们的友谊那么好，现在另外两位一定会哭的吧！他们不可能再笑了。”

但是，当村民看到其中两位时都吃了一惊，因为他们正在笑，在唱歌跳舞，在庆祝最好的朋友离开这个世界。

村民充满疑惑，并且有一点生气地说：“你们这样太过分了，一个人死了是多么悲伤的事，你们还笑、还跳舞，这对死去的人是多么不敬！”

两个微笑的圣人说：“我们的一生都在笑里度过，我们必须欢笑，因为对一位一生都在笑的人，欢笑是最好的、也是唯一的告别。而且，我们不觉得他过世了，因为生命不死，笑着离开的人一定会笑着回来！”

笑是永恒的，就像波浪推动，而海洋不变；生命是永恒的，就像演员下台了，戏剧仍在进行；大化是永恒的，花开花落，树却不会枯萎。可惜，村民不能了解这些，所以那天只有他们两人在笑。

尸体要焚化之前，村民说：“依照仪式，我们要给他洗澡，换一套干净的衣服。”

但是两个微笑的圣人说：“不！我们的朋友生前就吩咐不举行任何仪式，只要按照他原来的样子放在焚化台上面就好了。”于是，死者被以本来面目放在焚化台上焚烧。

当火点燃的时候，突然之间，烟火四射，原来那个老人在他的衣服里藏着许多节庆的鞭炮和烟火，作为他送给观礼者的礼物。

烟火飞扬到高空，爆开时有各种缤纷的颜色，闪亮的火光照耀了整个村落。

本来微笑的圣人疯狂地笑了起来，村民也笑起来，马路、树木、花草，甚至焚烧尸体的火焰都在笑着，然后大家开始快乐的跳舞，过了村落有史以来最大的庆祝会，在欢笑与跳舞的时候，大家感觉到那不是一个死亡，而是一个新生命的开始、一个全新的复活。

最后大家都知道了：如果人能快乐地归去，死亡就不能杀人，反而是人杀掉了死亡；如果能改变死亡的悲伤，知道生死的实相，人就不会有什么损失了！

对我们来说，只有当我们知道快乐与悲伤是生命必然的两端时，我们才有好的态度来面对生命的整体。

如果生命里只有喜乐，生命就不会有深度，生命也会呈单面的发展，像海面的波浪。如果生命里只有悲伤，生命会有深度，但生命将会完全没有发展，像静止的湖泊。唯有生命里有喜乐有悲伤，生命才是多层面的、有活力的、有深度，又能发展的。

遇到生命的快乐，我要庆祝它！遇到生命的悲伤，我也要庆祝它！庆祝生命是我的态度，不管是遇到什么！快乐固然是热闹温暖，悲伤则是更深刻的宁静、优美，而值得深思。

在禅里，把快乐的庆祝称为“笑里藏刀”——就是在笑着的时候，心里也藏着敏锐的机锋。把悲伤的庆祝称为“逆来顺受”——就是在艰苦的逆境中，还能发自内心的感激，用好的态度来承受。

用同样的一把小提琴，可以演奏出无比忧伤的夜曲，也可以演奏出非凡舞蹈的快乐颂，它所达到的是一样伟大、优雅、动人的境界。人的身心只是一个乐器，演奏什么音乐完全要靠自己。

我只把最真实、最纯朴、最能与我的美感或爱情相呼吸的留给我自己。

只手之声

如果要我选一种最喜欢的花的名字，我会投票给一种极平凡的花："含笑"。

说含笑花平凡是一点也不错，在乡下，每一家院子里它都是不可少的花，与玉兰、桂花、七里香、九重葛、牵牛花一样，几乎是随处可见，它的花形也不稀奇，拇指大小的椭圆形花隐藏在枝叶间，粗心的人可能视而不见。

比较杰出的是它的香气，含笑之香非常浓盛，并且清明悠远，邻居家如果有一棵含笑开花，香气能飘越几里之远，它不像桂花香那样含蓄，也不如夜来香那样跋扈，有点接近玉兰花之香，潇洒中还保有风度，维持着一丝自许的傲慢。含笑虽然十分平民化，香味却是带着贵气。

含笑最动人的还不是香气，而是名字，一般的花名只是一个代号，比较好的则有一点形容，像七里香、夜来香、百合、夜昙都算是好的。但很少有花的名字像含笑，是有动作的，所谓含笑，是似笑非笑，是想笑未笑，是含羞带笑，是嘴角才牵动的无声的笑。

记得小时候有一次看见含笑开了，我从院子跑进屋里，见到人就说："含笑开了，含笑开了！"说着说着，感觉那名字真好，让自己的嘴也禁不住带着笑，又仿佛含笑花真是因为笑而开出来白色没有一丝杂质的花来。

第一位把这种毫不起眼的小白花取名为“含笑”的人，是值得钦佩的，可想而知，他一定是在花里看见了笑意，或者自己心里饱含喜悦，否则不可能取名为含笑。

含笑花不仅有象征意义，也能贴切说出花的特质，含笑花和别的花不同，它是含苞时最香，花瓣一张开，香气就散走了。而且含笑的花期很长，一旦开花，从春天到秋天都不时在开，让人感觉到它一整年都非常喜悦，可惜含笑的颜色没有别的花多彩，只能算含蓄地在笑着罢了。

知道了含笑种种，使我们知道含笑花固然平常，却有它不凡的气质和特性。

但我也知道，“含笑”虽是至美的名字，这种小白花如果不以含笑为名，它的气质也不会改变，它哪里在乎我们怎么叫它呢？它只是自在自然地生长，并开花，让它的香远扬而已。

在这个世界上，许多事物都与含笑花一样，有各自的面目，外在的感受并不会影响它们，它们也从来不为自己辩解或说明，因为它们的生命本身就是最好的说明，不需要任何语言。反过来说，当我们面对没有语言，沉默的世界时，我们能感受到什么呢？

在日本极有影响力的白隐禅师，他曾设计过一则公案，就是“只手之声”，让学禅的人参一只手有什么声音。后来，“只手之声”成为日本禅法重要的公案，他们最爱参的问题是：“两掌相拍有声，如何是只手之声？”或者参：“只手无声，且听这无声的妙音。”

我们翻看日本禅者参“只手之声”的公案，有一些真能得到启发，例如：

老师问：“你已闻只手之声，将作何事？”学生答：“除杂草，擦地板，师若倦了，为师按摩。”

老师问：“只手底精神如何存在？”

学生答：“上拄三十三天之顶，下抵金轮那落之底，充满一切。”

老师问：“只手之声已闻，如何是只手之用？”

学生答：“火炉里烧火，铁锅里烧水，砚台里磨墨，香炉里插香。”

老师问：“如何是十五日以前底只手，十五日以后底只手，正当十五日底只手？”

学生伸出右手说：“此是十五日以前底只手。”

伸出左手说：“此是十五日以后底只手。”

两手合起来说：“此是正当十五日底只手。”

老师问：“你既闻只手之声，且让我亦闻。”

学生一言不发，伸手打老师一巴掌。

一只手能听到什么声音呢？在一般人可能是大的迷惑，但禅师不仅听见只手之声，在最广大的眼界里从一只手竟能看见华严境界的四法界（理法界、事法界、理事无碍法界、事事无碍法界），有禅师伸出一只手说：“见手是手，是事法界。见手不是手，是理法界。见手不是手，而见手又是手，是理事无碍法界。一只手忽而成了天地，成了山川草木，森罗万象，而森罗万象不出这只手，是事事无碍法界。”

可见一只手真是有声音的！日本禅的概念是传自中国，中国禅师早就说过这种观念。

例如云岩禅师问道吾禅师说：“大悲菩萨用许多手眼作什么？”道吾说：“如人夜半背手摸枕子。”云岩说：“我会也！”道吾：“汝作么生会？”云岩说：“遍身是手眼！”道吾：“道太煞道，只道得八成。”云岩说：“师兄作么生？”道吾说；“通身是手眼！”

通身是手眼，这才是禅的真意，哪须仅止于只手之声？

从前，长沙景岑禅师对弟子开示说：“尽十方世界是沙门一只眼，尽十方世界是沙门全身，尽十方世界是自己光明，尽十方世界在自己光明里，尽十方世界无一人不是自己。”这岂只是一只手的声音！十方世界根本就与自我没有分别。

一只手的存在是自然，一朵含笑花的开放也是自然，我们所眼见或不可见的世界，不都是自然的存在着吗？

即使世界完全静默，有缘人也能听见静默的声音，这就是“只手之声”，还有只手的色、香、味、触、法。在沉默的独处里，我们听见了什么？在噪闹的转动里，我们没听见的又是什么呢？

有的人在满山蝉声的树林中坐着，也听不见蝉声；有的人在哄闹的市集里走着，却听见了蝉声。对于后者，他能在含笑花中看见饱满的喜悦，听见自己的只手之声；对于前者，即使全世界向他鼓掌，也是惘然，何况只是一朵花的含笑呢！

在每一寸的时光中都有欢喜，在每个地方都有禅悦。

来自心海的消息

几天前，我路过一座市场，看到一位老人蹲在街边，他的膝前摆了六条红薯，那红薯铺在面粉袋上，由于是紫红色的，令人感到特别的美。

老人用沙哑的声音说："这红薯又叫山药，在山顶掘的，炖排骨很补，煮汤也可清血。"

我小时候常吃红薯，就走过去和老人聊天，原来老人住在坪林的山上，每天到山林间去掘红薯，然后搭客运车到城市的市场叫卖。老人的红薯一斤卖四十元，我说："很贵呀！"

老人说："一点也不贵，现在红薯很少了，有时要到很深的山里才找得到。"

我想到从前在物质匮乏的时候，我们也常到山上去掘野生的红薯，以前在乡下，红薯是粗贱的食物，没想到现在竟是城市里的珍品了。

买了一个红薯，足足有五斤半重，老人笑着说："这红薯长到这样大要三、四年时间呢！"老人哪里知道，我买红薯是在买一些已经失去的回忆。

提着红薯回家的路上，看到许多人排队在一个摊子前等候，好奇走上前去，才知道他们是排队在买"番薯糕"。

番薯糕是把番薯煮熟了，捣烂成泥，拌一些盐巴，捏成一团，放在锅子上煎成两面金黄，内部松软，是我童年常吃的食物，没想到在台北最热闹的市集，竟有人卖，还要排队购买。

我童年的时候非常贫困，几乎每天都要吃番薯，母亲怕我们吃腻，把普通的番薯变来变去，有几样番薯食品至今仍然令我印象深刻，一个就是“番薯糕”，看母亲把一块块热腾腾的、金黄色的番薯糕放在陶盘上端出来，至今仍使我怀念不已。

另一种是番薯饼，母亲把番薯弄成签，裹上面粉与鸡蛋调成的泥，放在油锅中炸，也是炸到通体金黄时捞上来。我们常在午后吃这道点心，孩子们围着大灶等候，一捞上来，边吃边吹气，还常烫了舌头，母亲总是笑骂：“夭鬼！”

还有一种是在宵夜时吃的，是把番薯切成丁，煮甜汤，有时放红豆，有时放凤梨，有时放点龙眼干，夏夜时，我们总在庭前晒谷场围着听大人说故事，每人手里一碗番薯汤。

那样的时代，想起来虽然心酸，却有一种难以言说的幸福。我父亲生前谈到那段时间的物质生活，常用一句话形容：“一粒田螺煮九碗公汤！”

今天随人排队买一块十元的番薯糕，特别使我感念为了让我们喜欢吃番薯，母亲用了多少苦心。

卖番薯糕的人是一位年轻少妇，说她来自宜兰乡下，先生在台北谋生，为了贴补家用，想出来做点小生意，不知道要卖什么，突然想起小时候常吃的番薯糕，在糕里多调了鸡蛋和奶油，就在市场里卖起来了。她每天只卖两小时，天天供不应求。

我想，来买番薯糕的人当然有好奇的，大部分则基于怀念，吃的时候，整个童年都会从乱烘烘的市场，寂静深刻地浮现出来吧！

“番薯糕”的隔壁是一位提着大水桶卖野姜花的老妇，她站的位置刚好，使野姜花的香正好与番薯糕的香交织成一张网，我则陷入那美好的网中，看到童年乡野中野姜花那纯净的秋天！

这使我想起不久前，朋友请我到福华饭店去吃台菜，饭后叫了两个甜点，一个是芋仔饼，一个是炸香蕉，都是我童年常吃的食物；当年吃这些东西是由于芋头或香蕉生产过剩，根本卖不出去，母亲想法子让我们多消耗一些，免得暴殄天物。

没想到这两样食物现在成为五星级大饭店里的招牌甜点，价钱还颇不便宜，吃炸香蕉的人大概不会想到，一盘炸香蕉的价钱在乡下可以买到半车香蕉吧！

时代真是变了，时代的改变，使我们检证出许多事物的珍贵或卑贱、美好或丑陋，只是心的感觉而已，它并没有一个固定的面目，心如果不流转，事物的流转并不会使我们失去生命价值的思考；而心如果浮动，时代一变，价值观就变了。

克勤圆悟禅师去拜见真觉禅师时，真觉禅师正在生大病，膀子上生疮，疮烂了，血水一直流下来，圆悟去见他，他指着膀上流下的脓血说："此曹溪一滴法乳。"

圆悟大疑，因为在他的心中认定，得道的人应该是平安无事、欢喜自在，为什么这个师父不但没有平安，反而指说脓血是祖师的法乳呢？于是说："师父，佛法是这样的吗？"真觉一句话也不说，圆悟只好离开。

后来，圆悟参访了许多当代的大修行者，虽然每个师父都说他是大根利器，他自己知道并没有开悟。最后拜在五祖法演的门下，把平生所学的都拿出来请教五祖，五祖都不给他印可。他愤愤不平，背弃了五祖。

他要走的时候，五祖对他说："待你着一顿热病打时，方思量我在！"

满怀不平的圆悟到了金山，染上伤寒大病，把生平所学的东西全拿出来抵抗病痛，没有一样有用的，因此在病榻上感慨发誓："我的病如果稍微好了，一定立刻回到五祖门下！"这时的圆悟才算真实知道为什么真觉禅师把脓血说成是法乳了。

圆悟后来在五祖座下，有一次听到一位居士来向师父问道，五祖对他说：

“唐人有两句小艳诗与道相近：频呼小玉原无事，只要檀郎认得声。”居士有悟，五祖便说：“这里面还要仔细参。”

圆悟后来问师父说：“那居士就这样悟了吗？”

五祖说：“他只是认得声而已！”

圆悟说：“既然说只要檀郎认得声，他已经认得声了，为什么还不是呢？”

五祖大声的说：“如何是祖师西来意？庭前柏树子！去！”

圆悟心中有所省悟，突然走出，看见一只鸡飞上栏杆，鼓翅而鸣，他自问道：“这岂不是声吗？”

于是大悟，写了一首偈：

金鸭香销锦绣帏，笙歌丛里醉扶归；

少年一段风流事，只许佳人独自知。

我很喜欢这个故事，特别是真觉对圆悟说自己的脓血就是曹溪的法乳，还有后来“见鸡飞上栏杆，鼓翅而鸣”的悟道。那是告诉我们，真实的智慧是来自平常的生活，是心海的一种体现，如果能听闻到心海的消息，一切都是道，番薯糕，或者炸香蕉，在童年穷困的生活与五星级大饭店的台面上，都是值得深思的。

圆悟曾说过一段话，我每次读了，都感到自己是多么的庄严而雄浑，他说：

> 山头鼓浪，井底扬尘；
> 眼听似震雷霆，耳观如张锦绣。
> 三百六十骨节，一一现无边妙身；
> 八万四千毛端，头头彰宝王刹海。
> 不是神通妙用，亦非法尔如然；
> 苟能千眼顿开，直是十方坐断。

心海辽阔广大，来自心海的消息是没有五官，甚至是无形无相的，用眼睛来听，以耳朵观照，在每一个骨节、每一个毛孔中都有庄严的宝殿呀！

夜里，我把紫红色的红薯煮来吃，红薯煮熟的质感很像汤圆，又软又Q，想起很久很久以前在晒着谷子的庭院吃红薯汤，突然看见一只鸡飞上栏杆，鼓翅而鸣。

呀！这世界犹如少女呼叫情郎的声音那样温柔甜蜜，来自心海的消息看这现成的一切，无不显得那样的珍贵、纯净，而庄严！

真理则以众生的平等与尊重起步。

欢乐悲歌

带孩子从八里坐渡轮到淡水去看夕阳。

八里的码头在午后显得十分冷清，虽然与淡水只是一水之隔，却阻断了人潮，使得码头上的污染没有淡水严重，沿海的水仍然清澈可见到海中的游鱼。一旦轮渡往淡水，开过海口的中线，到处漂浮着垃圾，海面上飘来阵阵恶臭。

到了淡水，海岸上的人潮比拍岸的浪潮还多，卖铁蛋、煮螃蟹、烤乌贼、打香肠、卖弹珠汽水的小贩沿着海岸，布满整个码头，人烟与油烟交织，甚至使人看不清楚观音山的棱线。

许多父母带着小孩，边吃香肠边钓鱼，我们走过去，看到塑胶桶子里的鱼最大的只有食指大小，一些已在桶中奄奄一息，更多的则翻起惨白的肚子。

“钓这些鱼做什么？要吃吗？”我问其中一位大人。

“这么小的鱼怎么吃？”他翻了一下眼睛说。

“那，钓它做什么？”

“钓着好玩呀！”

“这有什么好玩呢？”我说。那人面露愠色，说：“你做你的事，管别人干什么呢？”

我只好带孩子往海岸的另一头走去，这时我看见一群儿童在拿网捞鱼，有几位把捞上的鱼放在汽水杯里，大部分的儿童则是把鱼捞起倒在防波的水泥地上，任其挣扎跳跃而死。有一位比较大的儿童，把鱼倒在水泥地，然后举脚，一一把它们踩碎，尸身黏糊糊地贴在地上。

“你在做什么？”我生气地说。

“我在处决它们！”那孩子高兴地抬起头来，看到我的表情，使他也吃了一惊。

“你怎么可以这样残忍，万一你也这样被处决呢？”我激动地说。

那孩子于是往岸上跑去，其他的孩子也跟着跑走了，在他们远去的背影，我看见他们的制服上绣着“文化国小”的字样。原来他们是淡水文化国小的学生，而文化国小是在古色古香的“真理街”上。

真理街上的文化国小学生为了好玩，无缘无故处决了与他们一样天真无知的小鱼，想起来就令人心碎。

我带着孩子沿海岸抢救那些劫后余生的小鱼，看到许多已经成为肉泥，许多则成了鱼干，一些刚捞起来的则在翻跳喘息，我们小心拾起，把它们放回海里，一边做一边使我想到这样的抢救是多么渺茫无望，因为我知道等我离开的时候，那些残暴的孩子还会回来，他们是海岸的居民，海岸是永无宁日的。

我想到丰子恺曾在一篇文章里写道：“顽童一脚踏死数百蚂蚁，我劝他不要。并非爱惜蚂蚁，或者想供养蚂蚁，只恐这一点残忍心扩而充之，将来会变成侵略者，用飞机载了重磅炸弹去虐杀无辜的平民。”这种悲怀不是杞人忧天，因为人的习气虽然有很多是从前带来的，但今生的熏习，也足以使一个善良的孩子成为一位凶残的成人呀！

就像古代的法庭中都设有“庭丁”，庭丁一向是选择好人家的孩子，也就是“身家清白”的人担任，专门做鞭笞刑求犯人的工作。这些人一开始听到犯人惨号，没有不惊伤惨戚的，但打的人多了，鞭人如击土石，一点也没有悲悯之心。到后来或谈笑刑求，或心中充满恨意，或小罪给予大刑。到最后，就杀人如割草了。净土宗的祖师莲池大师说到常怀悲悯心，可以使我们免于习气熏染的堕落，他说：“一芒触而肤栗，片发拔而色变，已之身人之身疾痛疴痒宁有二乎？”

我们只要想到一枝芒刺触到皮肤都会使我们颤抖，一根头发被拔都会痛得变色，再想到别人所受的痛苦有什么不同呢？众生与我们一样，同有母子、同有血气、同有知觉，它们会觉痛、觉痒、觉生、觉死，我们有什么权利为了“好玩”就处决众生，就使众生挣扎、悲哀、恐怖的死去呢？

有没有人愿意想一想，我们因为无知的好玩，自以为欢乐，却造成众生的悲歌呢？

沿着海岸步行，我告诉孩子应如何疼惜与我们居住于同一个地球的众生，走远了，偶尔回头，看见刚刚跑走的真理街“文化国小”的孩子又回到海边，握着红红绿绿的网子，使我的心又为之刺痛起来。

“爸爸，他们怎么不知道鱼也会痛呢？”我的孩子问说。

我不知道如何回答，而默然了。

记得有一位住在花莲的朋友曾告诉我，他在海边散步时也常看到无辜被“处死”的小鱼，但那不是儿童，而是捞鳗苗或虱目鱼苗的成人，捞网起来发现不是自己要的鱼苗，就随意倒在海边任其挣扎曝晒至死，朋友这样悲伤地问：

“为什么？为什么不能轻移几步，把它们重新放回海上呢？”

可见，不论是大人或小孩，不论在城市或乡村，有许多人因为无知地轻忽制造着无数众生的痛苦以及自己的恶业，大人的习染已深，我执难改，这是无可如何的事，可是，我们应该如何来启发孩子的悲怀，使他们不致因为无知而堕落呢？以现在的情况来看，由于悲怀的失去，我们在乡村的孩子失去了纯朴，日愈鄙俗；城市的孩子则失去同情，日渐奸巧。在茫茫的世界，我们的社会将要走去那里呢？

“人是大自然的癌细胞，走到那里，死亡就到那里。”我心里浮起这样的声音。

原来是要带孩子来看夕阳的，但在太阳还没有下山前，我们就离开淡水了，坐渡轮再返回八里去，在八里码头，不知何时冒出一个小贩，拉住我，要我买他的“孔雀贝”，一斤十元，十一斤一百元。

我看着那些长得像孔雀尾羽的美丽蛤类，不禁感叹：“人不吃这些东西，难道就活不下去了吗？”

我牵着孩子，沉重地走过码头小巷，虽无心于夕阳，却感觉夕阳在心头缓缓沉落。

人如果不能无私的、感同身受的知觉到众生的苦乐，那么无缘大慈、同体大悲只不过是虚空飘过的风，不能落实到生活，不能有益于生命呀！

文明是因智慧而创发，但文化则是建立于人文的悲悯。

菩提道是以空性为究竟，但真理则以众生的平等与尊重起步。

“文化国小”在真理街上。

文化大国则在夕阳里，一点一点地失去光芒，在山背间沉落下去！

河的感觉

1

秋天的河畔，菅芒花开始飞扬了，每当风来的时候，它们就唱一种洁白之歌，芒花的歌虽是静默的，在视觉里却非常喧闹，有时会见到一株完全成熟的种子，突然爆起，向八方飞去，那时就好像听见一阵高音，哗然。

与白色的歌相应和的，还有牵牛花的紫色之歌，牵牛花瓣的感觉是那样柔软，似乎吹弹得破，但没有一朵牵牛花被秋风吹破。

这牵牛花整株都是柔软，与芒花的柔软互相配合，给我们的感觉是，虽然大地已经逐渐冷肃了，山河仍是如此清朗，特别是有阳光的秋天清晨，柔情而温暖。

在河的两岸，从被刷洗得几乎仅剩砾石的河滩，虽然有各种植物，却以芒花和牵牛花争吵得最厉害，它们都以无限的谦卑匍匐前进。偶尔会见到几株还开着绒黄色碎花的相思树，它们的根在沙石上暴露，有如强悍的爪子抓入土层的深处，比起牵牛花，相思树高大得像巨人一样，抗衡着沿河流下来的冷。

河，则十分沉静，秋日的河水浅浅的、清澈的在卵石中穿梭，有时流到较深的洞，仿佛平静如湖。

我喜欢秋天的时候到砾石堆中捡石头，因为夏日在河岸嬉游的人群已经完全隐去，河水的安静使四周的景物历历。

河岸的卵石，有一种难以言喻之美。它们长久在河里接受刷洗，比较软弱的石头已经化成泥水往下游流去，坚硬者则完全洗净外表的杂质，在河里的感觉就像宝石一样。被匠心磨去了棱角的卵石，在深层结构里的纹理，就会像珍珠一样显露出来。

我溯河而上，把捡到的卵石放在河边有如基座的巨石上接受秋日阳光的曝晒，准备回来的时候带回家。

连我自己都不能确知，为什么那样的爱捡石头，这里面一定有什么原因还没有被探触到。有时我在捡石头突然遇到陌生人，会令我觉得羞怯，他们总用质疑的眼光看着我这异于常人的举动。或者当我把石头拾回，在庭院前品察，并为之分类的时候，熟识的乡人也会以一种似笑非笑的眼光看我，一个人到了中年还有点像孩子似的捡石头，连我自己也感到迷思。

那不纯粹是为了美感，因为有一些我喜爱的石头禁不起任何美丽的分析，只是当我在河里看到它时，它好像漂浮在河面，与别的石头都不同。那感觉好像走在人群中突然看见一双仿佛熟识的眼睛，互相闪动了一下。

我不只捡乡间河畔的石头，在国外旅行时，如果遇到一条河，我总会捡几粒石头回来作纪念。例如有一年我在尼罗河捡了一袋石头回来摆在案前，有人问起，我总说："这是尼罗河捡来的石头。"那人把石头来回搓揉，然后说："尼罗河的石头也没有什么嘛！"

石头捡回来，我很少另作处理，只有一次是例外，我在垦丁海岸捡到几粒硕大的珊瑚礁石，看出它原是白色的，却蒙上灰色的风尘，我就用漂白水泡了三天三夜，使它洁白得像在海底看见的一样。

我还有一些是在沙仑淡水河口捡到的石头，是纯黑的，隐在长着虎苔的大石缝中，同样是这岛上的石头，有的纯白，有的玄黑，一想到，就觉得生命颇有迷离之感。

我并不像一般的捡石者，他们只对石头里浮出的影像有兴趣，例如石上正好有一朵菊花、一只老鼠，或一条蛇，我的石头是没有影像的，它们只是记载了一条河的某些感觉，以及我和那条河相会面的刹那。但偶尔我的石头会出现一些像云、像花、像水的纹理，那只是一种巧合，让我感觉到石头在某个层次上是很柔软的，这种坚强中的柔软之感，使我坚信，在最刚强的人心中，我们必然也可看见一些柔软的纹理，里面有着感性与想像，或者梦一样的东西。

在我的书桌上、架子上，甚至地板上到处都堆着石头，有时在黑夜开灯，觉得自己正在河的某一处激流里，接受生命的冲刷。

那样的感觉好像走在人群中突然看见一双仿佛熟识的眼睛，互相闪动了一下。

2

走在人群中看见熟识的眼睛，互相的闪动，常常让我有河的感觉。

在最繁华的忠孝东路，如果我回来居住在台北的时候，我会沿着永吉路、基隆路，散步到忠孝东路去。我喜欢在人群里东张西望，或者坐在有玻璃大窗的咖啡店旁边，看着流动如河的人群。虽然人是那样拥挤，却反而给我一种特别的宁静之感，好像秋日的河岸。

在人群的静观，使我不至于在枯木寒灰的隐居生活中沦入空茫的状态。我知道了人心的喧闹，人间的匆忙，以及人是多么渺小有如河里的一粒卵石。

我是多么喜欢观察人间的活动，并且在波动的混乱中找寻一些美好的事物，或者说找寻一些动人的眼睛。人的眼睛是五官中最会说话的，它无时无刻表达着比嘴巴还要丰富的语言，婴儿的眼睛纯净，儿童的眼睛好奇，青年的眼睛有叛逆之色，情侣的眼睛充满了柔情，主妇的眼睛充满了分析与评判，中年人的眼睛沉稳浓重，老年人的眼睛，则有历经沧桑后的一种苍茫。

如果说我是在杂沓的城市中看人，还不如说我在寻找着人的眼睛，这也是超越了美感的赏析的态度，我不太会在意人们穿什么衣裳，或者在意现在流行什么，或者什么人是美的或丑的，回到家里，浮现在我眼前的，总是人间的许许多多眼神，这些眼神，记载了一条人的河流的某些感觉，以及我和他们相会时的刹那。

有时，见到两个人在街头偶然相遇，在还没有开口说话之前，他们的眼神就已经先惊呼出声，而在打完招呼错身而过时，我看见了眼里的轻微的叹息。

我们要了解人间，应该先看清众生的眼睛。

有一次，在统领百货公司的门口，我看到一位年老的婆婆带着一位稚嫩的孩子，坐在冰凉的磨石地板上乞讨，老婆婆俯低着头，看着眼前的一个装满零钱的脸盆，小孩则仰起头来，有一对黑白分明的眼睛，滴溜溜转着，看着从前面川流过的人群。那脸盆前有一张纸板，写着双目失明的老婆婆家里沉痛的灾变，她是如何悲苦地抚育着唯一的孙子。

我坐在咖啡厅临窗的位置，却看到好几次，每当有人丢下整张的钞票，老婆婆会不期然的伸出手把钞票抓起，匆忙的塞进黑色的袍子里。

乞讨的行为并不令我心碎，只是让我悲悯，当她把钞票抓起来的那一刹那，才令我真正心碎了。好眼睛的人不能抬眼看世界，却要装成失明者来谋取生存，更让人觉得眼睛是多么重要。

这世界有许多好眼睛的人，却用心把自己的眼睛蒙蔽起来，周围的店招上写着“深情推荐”、“折扣热卖”、“跳楼价”、“最心动的三折”等等，无不是在蒙蔽我们的眼睛，让我们心的贪婪伸出手来，想要占取这个世界的便宜，就好像卵石相碰的水花，这世界的便宜岂是如此容易就被我们侵占？

人的河流里有很多让人无奈的事相，这些事相益发令人感到生命之悲苦。

有一个问卷调查报告，青少年十大喜爱的活动，排在第一位的竟是“逛街”，接下来是“看电影”、“游泳”。其实，这都是河流的事，让我看见了，整个城市这样流过来又流过去，每个人在这条河流里游泳，每个人扮演自己的电影，在过程中茫然的活动，并且等待结局。

最好看的电影，结局总是悲哀的，但那悲哀不是流泪或者嚎咷，只是无奈，加上一些些茫然。

有人说，城市人擦破手，感觉上比乡下人擦破手，还要痛得多。那是因为，城市里难得有破皮流血的机会，为什么呢？因为人人都已是一粒粒的卵石，足够的圆滑，并且知道如何来避免伤害。

可叹息的是，如果伤害是来自别人、来自世界，总可以找到解决的方法，但城市人的伤害往往来自无法给自己定位，伤害到后来就成为人情的无感，所以，有人在街边乞讨，甚至要伪装盲者才能唤起一丁点的同情，带给人的心动，还不如“心动的三折”。

这往往让人想到溪河的卵石，卵石由于长久的推挤，它只能互相的碰撞，但河岸的风景、水的流速、季节的变化，永远不是卵石关心的主题。

因此，城市里永远没有阴晴与春秋，冬日的雨季，人还是一样渴切地在街头流动。

你流过来，我流过去，我们在红灯的地方稍作停留，步过人行道，在下一个绿灯分手。

“你是哪里来的？”

“你将要往哪里去？”

没有人问你，你也不必回答。

你只要流着就是了，总有一天，会在某个河岸搁浅。没有人关心你的心事，因为河水是如此湍急，这是人生最大的悲情。

3

河水是如此湍急，这是人生最大的悲情。

我很喜欢坐船。如果有火车可达的地方，我就不坐飞机，如果有船可坐，我就不搭火车。那是由于船行的速度，慢一些，让我的心可以沉潜；如果是在海上，船的视界好一些，使我感到辽阔；最要紧的是，船的噗噗的马达声与我的心脏和鸣，让我觉得那船是由于我心脏的跳动才开航的。

所以在一开航的刹那，就自己叹息：

呀！还能活着，真好！

通常我喜欢选择站在船尾的地方，在船行过处，它掀起的波浪往往形成一条白线，鱼会往波浪翻涌的地方游来，而海鸥总是逐波飞翔。

船后的波浪不会停留太久，很快就会平复了，这就是“船过水无痕”，可是在波浪平复的当时，在我们的视觉里它好像并未立刻消失，总还会盘旋一阵，有如苍鹰盘飞的轨迹，如果看一只鹰飞翔久了，等它遁去的时刻，感觉它还在那里绕个不停，其实，空中什么也不见了，水面上什么也不见了。

我的沉思总会在波浪彻底消失时沦陷，这使我感到一种悲怀，人生的际遇事实上与船过的波浪一样，它最终是会消失的，可是它并不是没有，而是时空轮替自然的悲哀，如果老是看着船尾，生命的悲怀是不可免的。

那么让我们到船头去吧！看船如何把海水分割为二，如何以勇猛的香象截河之势，载我们通往人生的彼岸，一艘坚固的船是由很多的钢板千锤百炼铸成，由许多深通水性的人驾驶，这里面就充满了承担之美。

让我也能那样勇敢的破浪，承担，向某一个未知的彼岸航去。

这样想时，就好像见到一株完全成熟的芒花，突然爆起，向八方飞去，使我听见一阵洁白的高音，唱哗然的歌。

旁边的人全陷入沉默。

我想到曾在上海小住，几乎每天都听到有人跳黄浦江自杀。

去年五六月，我在北京小住，每天看报纸都会看到有高中生受不了升学的压力，以死亡来终结自己的生命。

大陆管制严格，自杀新闻通常只有一个小栏，不像台北的报纸常放在头条，因为我读报很细心，这种新闻总是被我看见。

大陆也不像台湾，公布正确自杀死亡的人数，以至于不知全国多少人自杀，想是非常可怕的数字。

建国六十年终于公布自杀数字，一年有廿五万多，平均不到两分钟就有一个人自杀。

不只广州、上海、北京、台北，全世界的城市都正为自杀在苦恼，但哀痛的是，自杀会与癌症、心血管疾病、地球暖化、圣婴现象一样，一天比一天严重。

防治自杀，使那些不该死、不必死、不能死、不可死的青年活下去，应该是全球总动员的事。

教授问我："林老师有什么秘方呢？"

我没有什么秘方，但我知道如果教育制度不改变，升学的压力如此巨大，真的会有学生活不下去。如何改变制度，调整压力是不可避免的。

至于大学生的恋爱，当然是越开放越好，甚至应该开一些"恋爱学分"或"失恋学分"，列为必修科，使学生知道恋爱美好，也知道美好必然会失去，永远在爱中学习成长。

我说："美好恋爱条件的本质应该是深情的感动、浪漫的情怀、美好的向往，如果学生都能认识这种深情、浪漫与美好，失去也会留下动心的回忆，死亡将不是唯一的选择！"

我们不要责难那些为了爱情、为了前途而自杀的青少年。我就常常自责：正因为我们做得不够好，不够完善，下一代才会不肯活下去！

变的不只是卖鹰的人，你对人的观照也改变了。

猫头鹰人

在信义路上，有一个卖猫头鹰的人，平常他的摊子上总有七八只小猫头鹰，最多的时候摆十几只，一笼笼叠高起来，形成一个很奇异的画面。

他的生意顶不错，从每次路过时看到笼子里的猫头鹰全部换了颜色可以知道。他的猫头鹰种类既多，大小也很齐全，有的鹰很小，小到像还没有出过巢，有的很老，老到仿佛已经不能飞动。

我注意到卖鹰人是很偶然的，一年多前我带孩子散步经过，孩子拼命吵闹，想要买下一只关在笼子里的小猫头鹰。那时，卖鹰的人还在卖兔子，摊子上只摆了一只猫头鹰，卖鹰者努力向我推销说："这只鹰仔是前天才捉到的，也是我第一次来卖猫头鹰，先生，给孩子买下来吧！你看他那么喜欢。"我这才注意到眼前卖鹰的中年人，看起来非常质朴，是刚从乡下到城市谋生活的样子。

我没有给孩子买鹰，那是因为我一向反对把任何动物关在笼子里，而且我对孩子说："如果都没有人买猫头鹰，卖鹰的人以后就不会到山上去捉猫头鹰了，你看，这只鹰这么小，它的爸爸妈妈一定为找不到它在着急呢！"孩子买不成猫头鹰，央求站在摊子前面再看一会儿，正看的时候，有人以五百元买了那只鹰，孩子哇啦一声，不舍得哭了出来。

此后我常常看见卖鹰的人，他的规模一天比一天大，到后来干脆不卖兔子，只卖猫头鹰，订价从五百五十元到一千元左右，生意好的时候，一个月卖掉几十只。我想不通他从何处捕到那么多的猫头鹰，有一次闲谈起来，才知道台湾深山里还有许多猫头鹰，他光是在坪林一带的山里一天就能捕到几只。

他说："猫头鹰很受欢迎咧！因为它不吵，又容易驯服，生意太好了，我现在连兔子也不卖了，专卖鹰。一有空我就到山上去捉，大部分捉到还在巢中的小鹰，运气好的时候，也能捉到它们的父母……"

我劝他说："你别捉鹰了，捉鹰的时间做别的也一样赚那么多钱。"

他说："那不同咧！捉鹰是免本钱稳赚不赔的。"

对这样的人，我也不能再说什么了。

后来我改变散步的路线，有一年多没有见过卖猫头鹰的人，前不久我又路过那一带，再度看到卖鹰者，他还在同一个街角卖鹰，猫头鹰笼子仍然一个叠着一个。

当我看见他时，大大吃了一惊，那卖鹰者的长相与一年前我见到他时完全不同了。他的长相几乎变得和他卖的猫头鹰一样，耳朵上举、头发扬散、鹰勾鼻、眼睛大而瞳仁细小、嘴唇紧抿，身上还穿着灰色掺杂褐色的大毛衣，坐在那里就像是一只大的猫头鹰，只是有着人形罢了。

短短一年多的时间，为什么使一个人的长相完全不同了呢？这巨大的变化是从何而来呢？我努力思索卖鹰者改变面貌的原因。我想到，做了很久屠夫的人，脸上的每道横肉，都长得和他杀的动物一样。而鱼市场的鱼贩子，不管怎么洗澡，毛孔里都会流出鱼的腥味。我又想到，在银行柜台数钞票很久的人，脸上的表情就像一张钞票，冷漠而势利。在小机关当主管作威作福的人，日子久了，脸变得像一张公文，格式十分僵化，内容逢迎拍马。坐在电脑前面忘记人的品质的人，长相就像一架电脑。跑社会新闻的记者，到后来，长相就如同社会版上的照片……

原因是这样来的吗？或者是像电影电视上演坏人的演员，到后来就长成一脸坏相，因为他打从心里一直坏出来，到最后就无法辨认了。还有那些演色情片的演员，当她们裸体的照片登在杂志，我们仿佛只看到一块肥腻的肉，却不见她们的心灵或面貌了。

一个人的职业、习气、心念、环境都会塑造他的长相和表情，这是人人都知道的，但像卖猫头鹰的人改变那么巨大而迅速，仍然出乎我的预想。我的眼前闪过一串影像，卖鹰者夜里去观察鹰的巢穴，白天去捕捉，回家做鹰的陷阱，连睡梦中都想着捕鹰的方法，心心念念在鹰的身上，到后来自己长成一只猫头鹰都已经不自觉了。

我从卖鹰者的前面走过，和他打招呼，他居然完全忘记我了，就如同白天的猫头鹰，眼睛茫然失神，他只是说："先生，要不要买一只猫头鹰，山上刚捉来的。"

这使我在后来的散步里，想起了三千年前瑜伽行者的一部经典《圣博伽瓦谭》中所记载，巴拉达国王的故事。

巴拉达国王盛年的时候，弃绝了他的王后、家族，和广袤的王国，到森林里去，那是他深信古印度的经典，认为人应该把中年以后的岁月用于自觉。

他在森林中过着苦行生活，仅仅食用果子和根菜植物，每日专注地冥想，经过一段时间，他的自我从身中醒觉了过来。有一天他正在冥想，忽然看到一只母鹿到河边饮水，随着又听到不远处狮子的大吼，母鹿大吃一惊，正要逃跑的时候，一只小鹿从它的子宫堕下，跌入河中的急流里，母鹿害怕得全身颤抖，在流产之后就死去了。

巴拉达眼看小鹿被冲向下游，动了恻隐之心，便从河里救起小鹿，把小鹿带在自己身边。他从此和小鹿一起睡觉、一起走路、一起洗澡、一起进食，他对待小鹿就如同对待自己的孩子，自己的心念完全系在小鹿身上。

有一天，小鹿不见了。巴拉达陷入了非常焦躁的意念里，担心着小鹿的安危就像失去了儿子一样，他完全无法冥思，因为想的都是小鹿，最后他忍不住启程去寻找小鹿，在黑暗森林里，他如痴如狂呼唤小鹿的名字，他终于不小心跌倒了，受了重伤，就在他临终的时候，小鹿突然出现在他的身边，就像爱子看着父亲一样看着他，就这样，巴拉达的心念和精神全部集中在小鹿身上，他下次醒来的时候，发现自己成为一头鹿，这已经是他的下一世了。

这是瑜伽对于意念的看法，意念不仅对容貌有着影响，巴拉达因疼爱小鹿，都因而沉进了轮回的转动，那么，捕捉贩售猫头鹰的人，长相日益变成猫头鹰又有什么可怪呢？

和朋友谈起猫头鹰人长相变异的故事，朋友说：“其实，变的不只是卖鹰的人，你对人的观照也改变了。卖鹰者的长相本来就是那样子，只是习气与生活的濡染改变了他的神色和气质罢了。我们从前没有透过内省，不能见到他的真面目，当我们的内心清明如镜，就能从他的外貌进而进入他的神色和气质了。”

难道，我也改变了吗？

在这个世界上，我们的意念都如在森林中的小鹿，迷乱地跳跃与奔跑，这纷乱的念头固然值得担忧，总还不偏离人的道路。一旦我们的意念顺着轨道往偏邪的道路如火车开去，出发的时候好像没有什么，走远了，就难以回头了。所以，向前走的时候每天反顾一下，看看自我意念的轨道是多么重要呀！

我们不止要常常擦拭自己的心灵之镜，来照见世间的真相；也要常常照照镜子，看看自己的长相与昨日的不同；更要照心灵之镜，才不会走向偏邪的道路。卖猫头鹰的人每天面对猫头鹰，就像在照镜子，我们面对自己俗恶的习气，何尝不是在照镜子呢？

想到这里，有一个人与我错身而过，我闻到栗子的芳香从他身上溢出，抬头一看，果然是天天在街角卖糖炒栗子的小贩。

情侣路的尽头

广东珠海的海边，有一条情侣路。

情侣路以木头搭建，沿着海岸，曲曲折折，很长很长，几乎看不到尽头。

情侣路是珠海的情侣最爱散步的路，因为感觉非常浪漫，海岸的景观也特别的优美，清晨和黄昏，海面上都会起雾，人朦胧，树朦胧，大海也朦胧。

情侣路的名字特殊，又是特别的漫长，一路走去，不是情侣也成为情侣，是情侣就走成了夫妻。

我到珠海就特别去走了情侣路。

不过，陪伴我的不是情侣，而是老朋友曹又方。

曹又方在珠海买了一个小房，拉开窗就可以看见海，以及海边的情侣路，从小阶梯下去，一刻钟就可以走到情侣路了，可以向左，也可以向右，不管向左向右，仿佛都没有尽头。

“我每天清晨，吃完早饭，就会到情侣路来散步，一直走、一直走，走到满头大汗，累了，就沿路走回家，但没有一次走到尽头。”曹又方说。

她告诉我珠海的四季，每个季节都很美，非常适合居住，特别是这条情侣路。

“我爱极这条路，在外地还会想念。”

我们便慢慢地、随意地散步，享受从海洋吹来的咸咸的风，曹又方转过头对我说：“我很喜欢你很多年前写的一篇文章《运动最补，饿最好吃》，当时没有在意，这几年才发现这两句很真实，运动真是最好的补药，饿的时候，任何食物都好吃。”

曹又方是生了大病之后，才搬来珠海的，当时选择珠海，是因为它最像台南生长的环境；其次，是离上海近，她的主治医师在上海；再其次，是离澳门更近，每个月可以到澳门的饭店享用美食，转机回台也很便利。

最最重要的理由，是她在珠海可以专心地写作，希望在人生的最后时光，写出她一直想写而没有完成的作品。珠海人生地不熟，不会有人打扰她的写作，她在珠海请了一个阿姨，帮她打扫、料理三餐，生活十分写意。

我们从情侣路散步回来，曹又方叫那从陕北来的阿姨下饺子请我，还煮了几道可口的小菜，阿姨的手艺很好，人也朴实。

“我从前在台北请的阿姨，手艺更好，什么都会做，我每年给她加薪，到后来一个月七万元薪水，比公司的经理还高，我离开台北的时候，朋友抢着请她，薪水八万。这里的阿姨一个月五百元人民币，最近吵着要加薪，阿姨们还上街抗议，从五百元涨到六百元。比起台北，还是太便宜呀！”曹又方边吃饺子边说。

她在珠海的房子只有两房，却是一尘不染，书架前摆了一排纪念品，她拿起一个弥勒佛像说：“这是你送给我的，笑得真开心，每次看到就有好心情！”

我想起，这佛像是曹又方第一次动大刀，手术十小时之后醒来，我带给她的礼物，原希望她能亲近佛法，后来她告诉我，她的宗教是文学，佛像就成为纪念品了。

她在珠海的生活比台北清静，但她性情真挚、爱交朋友，在珠海的社交圈也很活跃。我在珠海那几天，她每天呼朋唤友，轮流请我吃饭，甚至找来我在《中国时报》的老同事郑桂华来当我们的向导。

桂华的办公桌，以前就在我的对面，经常一起跑新闻，后来我们各自离开新闻界，她随着丈夫经商，又从事造船业，现在公司在珠海造船，成了很有影响力的女企业家了。

一天，桂华开着她的超级悍马车，带我们在珠海一带游逛，甚至跑到横琴一带，聊起三十几年前的旧事，我们都很感念曹又方，让我们能续起这一段因缘。

珠海虽美，但曹又方更长的时间待在上海，她每隔一段时间就要回龙华医院看诊，又在上海接了每星期要开录的电视节目。由于长期住上海，她对上海好玩好吃的地方如数家珍，我有一段时间也在上海录节目，我们对制作单位放的饭都觉得可怕，经常相约去吃馆子，通常由她点菜，她点的菜都是清淡爽口，非常好吃。

我的工作则是环顾餐厅，看到有人吸烟，就上前说："对不起！我的朋友对香烟过敏，可不可以请您别抽香烟！"因为，曹又方病后，一丝烟味也受不了。

如果我们到了北京，她就会约她的儿子出来一起吃饭，当时，她的儿子在北京中央电视台工作，担任外文审稿，曹又方很以儿子为荣，对孩子也非常慈爱。

有一天我对她说："看你对儿子那么慈爱，感觉不像是我认得的曹又方！"

她听了哈哈大笑。

确实，我认识曹又方早在一九七七年。

当时，导演徐进良刚从意大利学电影回国，找我写电影剧本，我和吴念真、陈铭磻一起写了《香火》。

电影拍完，徐导演在家里办了一个酒会，说要介绍一些精彩的人和我认识。

曹又方也参加了那个酒会，她走进会场时，几乎所有人都屏息了，只见一个长发美女，一阵风飘进来，穿着一袭黑色纱衣，短皮裙，一双长到膝盖的皮靴，叩、叩、叩……

那时，她还叫"苏玄玄"，在一家时尚杂志当总编辑，徐导演介绍我们认识，才知道她是世新的学姊，又对文学有兴趣，我们便聊了起来。

没想到，谈到一半，她突然脸色一沉，走到玄关穿皮靴，刷的一声，马靴一拉到底，昂着头，一句话也没说，就走了，真是酷到不行。

我问徐进良："怎么回事？"

他说："应该是看到不喜欢的人，苏玄玄就是这个脾气，玄之又玄呀！"

经过三十几年，曹又方的脾气还是没变，我们在大陆一起走过三十几个城市，常常要和地方官员和接待的人应酬，曹又方都不参加，她总是称病，大家知道她身体不好，也不会勉强。所以，所有的应酬都是由我一个人承担。

她不只不应酬，还不假辞色，例如接待单位给我们的饭店太差，餐厅不理想，她常常立刻变脸，直到更换饭店和餐厅为止。她这种据理力争、追求完美的精神虽然不免尴尬，却使我感动。

她说："我们是一流的作家，应该有一流的待遇，尤其是我们的演讲都是免费的，还给我们住这种饭店，真不应该！"

我们在大陆会一起演讲，是因为我们有共同的经纪人曲小侠，安排我们走过许多省市，河南、河北、辽宁、广东、江苏、浙江、四川、北京、上海、重庆等等，所到之处，无不轰动。

当初，在设计演讲时，小侠询问我的意见，我说："你不必管我这边，只要曹姊可以，我都可以！我和曹姊的交情，非比寻常呀！"

曹又方住在美国的时候，偶尔回台湾探亲，都会找好友孙春华、胡茵梦、王季庆、丁乃竺等人相聚，也常约我作陪。

后来，她应圆神出版社的简志忠邀请回国工作，有一天打电话给我，约我在侨福大厦一楼见面，说："给你介绍一个很棒的朋友。"

那一天，来的正是简志忠，大家一起谈到对文学、对出版的抱负，使我很感动，答应把一部分的创作交给圆神出版。

从此，开始了我和圆神的二十几年因缘，志忠也成为我最要好的朋友。

因于层层的关系，我对曹又方总抱持着一些敬意，我们时相往返，却不是那么亲近。

在大陆工作，才使我们亲近起来，她也才敞开心胸，常和我谈到她的父亲、继母、前夫、儿子、家人、朋友，甚至谈到从前的几个爱人，她对我说："我这一生就是喜欢美男子，如果长得英俊，又有才华，又高大英挺，我就完了，一辈子都为这个受苦。"

有一次，我们在辽宁巡回演讲，坐车经高速公路，看到一个牌子写着"岫岩"她说"这是我的故乡！"

"还有时间，我们绕过去看看吧！"我说。

曹又方说自己回过一次老家，感觉不怎么样，"但既然路过，就进去看看吧！"

"岫岩"是一座老城，以产玉闻名，我们绕到城区，见两边都是卖玉石的，下车一看，都是普通的玉石，仿佛台北假日玉市所见。大约看了十分钟，曹又方说："走了吧！"

我们继续行程，她在车中静默了很久，突然说："我不是岫岩人，我是台南人！"

"我们这一代的人，其实没有老家，也没有故乡的！"

曹又方一生都在流离，从东方到西方，住过许多不同的城市，即使在同一个城市，也不断在旅行。

我开玩笑的说："你的曹又方不是方圆的方，应该说是'此曹又到远方去了'！"

她听了哈哈大笑。

我曾和曹又方、简志忠到菲律宾小岛旅行，一个下午，她心血来潮，说："从来没在海边打过麻将！"于是找侍者把桌椅搬到海边打麻将，开打的时候，海滩是干的，打了四圈，海潮涨了，我们只好盘腿继续打，最后淹到椅子，才弃守。

曹又方不只旅行充满惊奇，生活也充满惊奇，记得她的安和路旧居刚装潢好，她花了半小时给我解释，她如何把卧室的墙改成弧形，只是为了一个念想：

“我想要一道弯曲的墙，为什么墙一定要是直的呢！”

她生了大病，开了十几小时的刀醒来，说的第一句话是：“真想喝一碗鼎泰丰的鸡汤！”

她举办生前告别式。执意在活着的时候出版全集。六十岁后移居大陆。在演讲时大谈生死等等……。都是惊奇的结果，也使得她的一生都活得精彩。

她表面理性，内心却非常浪漫热情，我再婚后复出，出版《生命中的龙卷风》时开了记者会，由曹又方主持，她讲着讲着，讲到：“林清玄是一个非常好的人，却受到这么大的曲解……”突然哽咽无法言语，眼泪像珍珠一串串落下来。

现场的记者都受到惊吓，因为出版界的女强人，几时在人前哭过？但她就是有侠女的个性，路见不平，就要拔刀相助。也因为那一个记者会，我们真的成为剖腹相见的朋友。

有一年，我们在辽宁巡回演讲，到了丹东，丹东隔着鸭绿江就是朝鲜，到了夜里，丹东灯火辉煌，朝鲜却是一片暗淡，我们沿着鸭绿江散步，曹又方突然有感而发：“不只是两个国家完全不同，人的心灵也是这样，有的人心里一片荒芜，有的人心里一片辉煌，可惜的是荒芜的人很多很多，辉煌的人却很少很少。”

接着，她意味深长地说：“清玄！你和淳珍的爱情，以后一定会成为美谈，那些中伤过你的人，不会有人记得他们的名字！”

我看着对岸那黑沉沉的国家，内心受到深深的震动，我们就默默地在风中行走。

就像我们在珠海情侣路的散步，再长的路也有尽头，曹又方走到了路的尽头。

曹姐，路的尽头是有形的，起点是无形的，我深信您会继续前行，迎接您的一定是一片辉煌！